KB209493

자전에세이

최고의 선물

고원식 지음

자전에세이

최고의 선물

고원식 지음

예술의숲

■ 책머리에

글쓰기를 시작하며

일반인들이 자서전에 대해서 갖고 있는 편견이 몇 가지 있다. 자서전은 유명인들이나 쓰는 것이고, 나이가 들어 은퇴했을 때 써야 하며, 아주 특별한 삶을 살아왔어야 한다는 등등의 선입견을 지닌 게 사실이다. 그러나 유명인의 화려한 삶 못지않게 평범한 소시민, 즉 갑남을녀가 살아온 진솔한 삶의 이야기가 좀 더 피부에 와 닿고 공감을 얻을 수 있다. 뭇 사람들의 시선을 끌지 못하는 들꽃도 자세히 보면 나름의 멋과 향기로 아름답다. 마찬가지로 평범한 필부의 삶에서는 잘난 사람이 지니지 못한 잔잔한 삶의 향기를 품고 있다.

자서전 쓰기는 그 평범함 속에 감추어진 자신의 향기를 드러내는 진지한 성찰의 과정이며, 그 동안 망각하고 살아온 자기 정체성을 발견하는 일련의 작업 과정이다. 나아가 조류에 휩쓸리며 살아가는 현대인들이 삶의 진정한 가치를 찾아내는 힐링의 과정이다.

이러한 측면에서 나의 뿌리는 어디에 있고 그 동안 무엇을 해 왔는지를 성찰하고 점검하는 가운데 내 삶의 발자취를 기록으로 남겨보고 싶었다. 그리고 앞으로 남은 시간들을 어떻게 살아갈 것인지를 가늠해 보는 것도 의미 있는 일이라고 생각했다. 누구나 자기 인생은 자신이 주인이기에 모두가 자신의 삶을 기록하는 사관(史官)이다. 자신이 살아온 역사를 기록하는 것은 지나온 삶을 다시금 성찰함으로써 현재의 삶에 나름의 의미와 가치를 부여하는 매우 뜻 깊은 일이다. 이것이 보통 사람들이 자서전을 써야 하는 이유라고 생각한다.

또한 자서전 쓰기는 자신이 살아오면서 터득한 삶의 지혜를 자녀들과도 교감할 수 있는 소통의 과정이기도 하다. 미국의 언론인인 러셀 베이커의 「성장」(연암서가 刊)이라는 자서전을 읽어 보면, 일반인들이 왜 자서전을 써야 하는지에 대한 해답을 명확히 제시하고 있다.

하루는 러셀이 아들과 대화 중에, 힘겨운 삶을 살아온 자신이 아들에게 막 훈계하려고 하자,

"아버지는 어릴 때 어떻게 했는지 말씀해 주시죠?"

라고 말했다.

이 말을 듣자마자 러셀은 화가 났으나 꾹 참고 한 번 더 생각했다고 한다. "내 아이들도 언젠가는 나를 이해하게 될 것이다. 하지만 시간이 흘러 내가 이야기를 들려줄 수 없을 때

가 오면 그제야 내 삶이 궁금해질 것이다.'라고 생각하고 나서 자서전을 쓰기를 시작했다.

그렇다. 요즘의 신세대 자녀들은 부모님의 삶에 대해 큰 관심을 갖지 않는다. 그저 자신 앞에 놓인 당장의 현실이 더 소중할 뿐이다. 인생 경험이 많지 않음에도 어른들의 이야기를 귀담아 들으려고 하지도 않는다. 하지만 자녀들도 한 살씩 나이를 먹다 보면 삶이 생각하는 것만큼 녹록치 않다는 것을 깨닫게 된다. 20대를 지나고 서서히 사회에 눈을 뜨기 시작하면, 드디어 부모들이 이 힘겨운 세상을 어떻게 살아왔는지 궁금해 하기 시작한다. 자녀들의 궁금증이 더해지는 순간 부모가 이 세상에 존재하지 않을 수도 있다. 그러나 자녀들은 부모가 남겨놓은 자서전을 통해서 자신의 삶을 좀 더 진지하게 성찰하는 기회를 맞이하게 될 것이다. 그럼으로써 자식들은 자서전에 담겨 있는 부모의 경험과 삶의 지혜를 한 알, 한 알 주워 담을 것이다. 즉 살아있는 교훈이 되는 것이 자서전이다. 다시 한 번 강조하자면 자서전이야말로 자녀에게 가장 소중한 정신적 유산을 남겨주는 일이라 생각하고, 이것이 내가 자서전을 쓰게 된 더 큰 이유다.

물론 자서전 쓰기 이후에도 내 삶의 여정을 계속해서 점검하고 살피면서 한 점 부끄러움이 없도록 어질고 바른 삶을 살아가려고 한다. 이 책을 읽어준 제현(諸賢)들께 고맙고, 감사하다는 말씀을 드린다.

■ 추천의 글

들꽃이 피워내는 향기와 감동

필자가 처음 나에게 자서전에 대한 품평 제의가 왔을 때 내심 반갑기도 했지만, 한편으로는 어깨가 무겁게 느껴졌다. 나 또한 시가 좋아 시를 쓰고 있을 뿐, 작품에 대한 품평이나 해설에는 상식이 없으며 적잖이 부족하다고 느껴졌기 때문이다. 그러나 필자는 평소 잘 알고 지내는 지인일 뿐만 아니라 누구보다도 모범적이고 성실한 삶을 살아왔다는 것을 익히 알고 있는 터라, 내가 조금이라도 보탬이 되는 한 줄의 글을 올릴 수 있음에 기뻤다. 하지만 한편으로는 조금이라도 흠결이 되는 평가의 글이 되지나 않을까 노심초사 조심스러운 부분도 있었다. 그래서 되도록이면 난해한 전문 언어들은 피하고 시처럼, 물처럼, 부드럽게 접근법을 써봤다.

먼저 필자가 건네준 자서전을 읽어나가면서 감동과 성실한 삶에 매료되어 나도 작품 속 분위기에 푹 빠져들고 말았다. 필자는 일선에서 2세 교육을 전담하고 있는 스승이요, 문학을 전공한 학자다. 그래서일까 글의 이음매가 부드럽고, 물 흐르듯 풀어나가는 스토리가 고즈넉한 시골길을 함께 편안하게 걷는 기분이어서 좋았다. 나와 같은 연배이고 같은 시대를 걸어왔기에 어느 대목에서는 서로 손을 꼭 잡고 눈물을 흘리기도 하였고, 어느 장면에서는 맏형 같은 신뢰와 존경심까지 불러 일으켰다. 여기서 하나하나 필자의 성장기부터 지금까지의 살아온 삶을 혜안으로 더듬어 보자.

첫째 필자는 자랑스러운 인물, 임진왜란 때 의병장 고경명 선생의 17세손이다. 선조가 훌륭한 의병장이었듯이, 지금껏 살아온 삶이 당당하고 올곧은 소나무처럼 푸른 삶을 고집한 정직한 사람이다. 거기다가 조부님은 한학에 심취하여 후학 양성에도 전념하며 한 시대를 풍미한 학자 집안이었다. 아마도 필자는 고스란히 조부님의 혼을 이어받아, 그것이 자양분이 되어 이제껏 현장에서 후학양성에 정열을 쏟고 있는지도 모른다.

두 번째는 필자의 솔선수범이다. 5남 1녀의 맏이로서 부모를 모시며 동생들을 이끌어갔던 기둥이었다. 사석에서 필자와 나눈 이야기 중에 감동의 이야기를 들려준다. 어려운 역경이

다가올 때마다 동생들에게 편지를 건네며 용기를 심어주었다는 이야기를 듣고 나는 가슴 뭉클했다. 맏이로서의 책임감이요, 사랑이었을 것이다. 필자도 사춘기가 있었고 청춘이 있었을 것이다. 때로는 어려운 환경과 불공정한 사회에 대한 반항과 일탈의 유혹도 있었을 것이다. 그러나 거기에 굴하지 않고, 노동판에서 육체노동을 하여 학비를 마련하고, 가족을 위하여 흔들림 없이 이끌어가는 모범적 장면에선 눈시울이 뜨겁기까지 했다. 나도 필자와 동갑내기이며 어려운 시대를 함께 건너온 사람으로서 고개가 숙여진다.

셋째는 필자의 기억력이다. 자서전을 조목조목 읽어나가다 보면 아주 오래전에 배고픈 시절의 자장면 값이나 시내버스 요금과 책값까지도 소상하게 기억해내는 부분이다. 필자는 경제관념이 투철했을 뿐만 아니라, 가장 아닌 가장이었고 맏이로서의 섬세한 부분까지 챙기며 근면하게 살아온 흔적을 엿볼 수 있다. 직접 뛰고 부닥치고 땀 흘려 봤기에 뇌리에 각인되어 그 수치 개념까지도 기억해내는 것이다. 향기로운 삶이 참으로 감탄스럽다. 한 시대를 같이 살아온 나로서 자꾸만 작아짐을 느낀다. 헨리 데이비드 소로는 말했다. '몸을 부지런히 놀리는 데서 지혜가 나온다.' 그렇다. 필자의 성실과 부지런함이 그 어떤 곤경과 어려움 속에서도 헤쳐 나갈 힘이 거기에서 솟아났을 것이다.

넷째로 효심의 극치다. 요즘은 이기주의적이고 물질만능주의라 부모공경에 대해 소홀해지고 있는 삶의 풍속도를 지켜볼 때면 우울해질 때가 있다. 그러나 필자는 자서전에서 부모님과 조부님의 모범적인 삶을 자주 등장시키며 멘토(Mentor)로 삼았다고 독자들에게 소개하고 있다. '자식은 부모의 거울이다.' 필자의 말이다. 어머니는 구멍 난 양말을 몇 번을 꿰매고, 수건이 해지면 행주로 쓰고 속옷이 해지면 걸레로 썼다고 했다. 제삿날 먹고 남은 조기 대가리는 칼로 여러 번 다져서 밥상에 올리고 쌀뜨물, 설거지물도 소죽을 끓이는데 사용하였고, 쌀 한 톨도 함부로 버리지 않았다고도 했다. 이러한 어머니의 뒷모습에서 체험으로 다져진 절제를 부모님으로부터 터득하며 체화한 것이다. 교훈적 삶에 의지를 보여주는 대목에서는 향기로운 목련꽃 송이들이 피어났다.

다섯째 끊임없는 우리네 희망의 전령사다. 필자는 자서전을 내면서 자신에게, 가족에게, 제자들에게, 지인들에게 무언의 화두를 던지고 있다. 삶이 무엇인지, 성실이 무엇인지, 행동으로 보여주는 무심결의 은은한 파도다. 어느 누구든, 필자의 삶을 곁에서 지켜보았거나 접했을 때는 닮아가고자 노력할 것이다. 그것이 우리에게 던지는 신선한 메시지요, 삶의 모티브다. 닮아가되, 필자는 글로 적시하여 구체화하고 싶어 한다. 어쩌면 그것이 혼자만의 간직함으로 충분하다. 겸허히 접으려 했겠지만 교육자적 차원에서 만인에게 시사하고 싶었는지도 모른다. 역시 교육자적인 용기도 돋보인다. 그 아무리 아름답고 감동이 있는 시라 할지라도 대중에게 소개된 후에야 울림이 있듯이, 필자의 꿋꿋한 삶을 겸허하게 소개하는 오늘이 너무도 감사하고 존경스럽다.

나는 필자의 삶을 이 한 줄로 대신하고 싶다. '인생은 내가 주인이 되어 살아온 만큼만 내 인생이다.' 당신은 누구나 쉬어가고 싶은 한 여름날의 느티나무 그늘 같은 사람이라고. 소나무처럼 푸르게, 대나무처럼 올곧은 필자의 삶에 고개를 숙인다. 끝으로 필자에게 부탁하고 싶다. 교직 생활의 마무리한 후에도 끊이지 않는 창작활동을 통해 인생 2막의 이야기를 들려주는 제2탄을 기대한다.

임 준 빈 시인

◈ 목 차 ◈

제1부, 동심의 눈으로 바라본 세상

제2부, 고뇌하고 성장하는 시간

제3부, 새로운 세상을 향하여

제4부, 나의 삶, 나의 길

제1부. 동심의 눈으로 바라본 세상

01

일제 침략과 질곡의 세월

• 만주행과 긴 유랑의 시간

개인의 운명은 환경의 지배를 받는다. 부유하고 평화로운 나라에서 태어난 사람과 가난으로 기근에 허덕이는 나라에서 태어난 사람은 운명의 차이가 하늘과 땅의 차이만큼 크다. 아버지는 일제의 식민지 탄압이 극심했던 1939년 중국 남만주 봉천성(1945년 랴오닝성으로 바뀜) 선양에서 태어났다. 일제 식민지하에서 탄압을 피해 수많은 조선인들이 북방의 대륙을 떠돌던 시절이다. 아버지의 이야기를 시작하기 전에 앞서 잠깐 조부님의 이력을 살펴본다. 조부님은 1908년 충북 청원군 미원면 옥화리에서 태어났다. 어린 시절에 땅 마지기 정도는 소유하고 있는 집안이어서 그런대로 부족함은 없었다. 그러나 조부님이 태어난 지 2년 뒤인 1910년에 일제는 조선을 강제로 병탄함으로써 국권은 상실되고 나라는 일제의 식민지가 되었다.

일본 제국주의자들은 조선의 식민지 지배를 위한 교육을 목적으로 곳곳에 신식 학교를 세우게 되었고, 이에 신학문이 주류를 형성하게 되면서 구학문은 급속히 퇴조하게 되었다. 조부님은 격변하는 시대적 분위기에 편승하지 않고 구학문의 길을 가려고 마음먹었으나 일제 식민지 상황은 젊은이들이 마음껏 꿈을 펼 수 있는 녹록한 현실이 아니었다. 일제는 식민지 조선의 토지를 수탈할 목적으로 설립한 동양척식회사로 하여금 농민들이 애지중지하며 경작해온 땅들을 강제로 헐값에 사들였다. 절대 다수가 농민이었던 조선의 현실은 절망의 늪으로 빠져들고 말았다.

이처럼 일제 식민지의 착취와 억압으로 조선인들은 삶의 고통이 가중되었고, 많은 사람들이 정든 고향을 버리고 북간도 등으로 유랑 길에 올랐다. 약관의 나이를 훌쩍 넘은 조부님도 이들과 마찬가지로 만주행을 결심했다. 서둘러 가재(家財)를 정리한 후에 증조모와 조모, 그리고 6촌 동생 부부 등과 함께 정든 삶의 터전을 버리고 만주행 열차를 탔다. 비장한 각오로 북행길에 올라 도착한 곳이 만주국 봉천성(랴오닝성) 선양이다. 〈청일 전쟁에서 주도권을 장악한 일본이 우리 나라를 강제로 병탄한 후에 중국 침략의 전진기지로 만주에 일제의 침략군인 관동군을 주둔시켰다. 그 여세를 몰아 1931년 중국과 만주사변을 일으켜 승리하여 패권을 장악한 일제는 소위 동북 3성이라고 부르는 랴오닝성, 지린성, 헤이룽장성을 통합하고 세력을 중국 본토까지 확대하고자 괴뢰정부인 만주국을 세웠다.〉

막상 만주 현지에 도착은 하였으나 정착지가 있을 리 만무했다. 이역만리 광활한 만주 벌판에서 유랑생활이 시작된 이듬해인 1936년 이른 봄날 갑자기 증조모가 세상을 떠났다. 일행들 모두 시간이 지나도 남부여대하는 고단한 삶은 기약 없이 계속되었다. 고국을 떠나 유랑생활이 시작되고 5년째 접어든 1939년 1월 3일, 조부님의 열두 번째 유랑지였던 남만주 라오닝성 보합보에서 아버지가 태어났다. 그러나 아버지의 출생은 축복이 아니라 격랑의 시대를 만나 질곡의 삶을 살아가야 하는 고단한 운명의 시작이었다.

조부님이 남겨놓은 북방일기를 살펴보면, 일행이 만주에 도착하여 이곳저곳을 떠돌다가 해방 후 귀국할 때까지 10년여 동안에 무려 스물네 번이나 주거지를 옮긴 것으로 기록해 놓았다. 그 유랑의 마지막 정착지가 윤동주와 문익환 목사 등 함경북도 유학자 가문이 공동 이주하여 개척한 간도 용정촌이었다. 이곳에서 머무를 결심을 하고 봇짐을 내려놓자마자 도둑처럼 갑작스럽게 해방 소식이 들려왔다. 그해 늦가을 조부님은 만주로 떠났던 일행들과 함께 다시 꿈을 찾아 식민지에서 해방된 나라의 고향으로 발걸음을 돌렸다.

• 귀향과 힘겨운 정착

해방의 기쁨을 안고 만주로 떠났던 일행과 함께 귀국해서 다시 고향을 찾아왔지만, 막상 돌아와 보니 머무를 곳조차 마련하기 어려운 기막힌 처지가 되었다. 기거할 곳을 찾던 중에 인심이 후한 부잣집에서 편의를 제공하여 간신히 그 집 사랑채에 머물 수 있게 되었다. 시간이 지나면서 생활이 점차 안정을 찾아가는 듯했으나 뜻밖의 변고가 닥쳤다. 6.25 전쟁이 터져 어수선한 전란의 와중에 조모까지 돌연히 숨을 거두면서 곤궁한 집안 사정은 시련의 연속이었다.

그러나 하늘이 무너져도 솟아날 구멍은 있는 법이다. 3년여의 전쟁이 끝나면서 어려운 형편에서 조금이나마 생계에 숨통이 트이는 돌파구가 마련되었다. 조부님이 한학에 조예가 깊었던 터라 마을 사람들은 자신의 까막눈 신세를 벗어나 보려는 마음에서 조부님에게서 천자문 등의 강의를 듣기 위해 삼삼오오 찾아왔다.

해방 후, 50~60년대 우리나라의 문맹률은 아프리카 나라들 못지않게 매우 높았던 시절이었다. 6.25 전쟁 직후의 현실은 경제적인 빈곤뿐 아니라 자신의 이름 석 자조차 쓸 줄 모르는 까막눈의 사람들이 대부분을 차지하고 있었다. 이렇게 자신의 이름 석 자조차 쓰지 못해 답답해하는 사람들이 글을 배워보겠다고 찾아오자 조부님은 소위 말하는 재능기부 겸 호구지책이 될 수 있다는 생각으로 저녁 시간을 활용하여 야학(夜學)을 열었다. 이렇게 하여 가르침을 받은 사람들이 보은(報恩)의 의미로 쌀이나 잡곡 등의 선물을 가져왔고, 이를 양식 삼아 어려운 생계를 나름 꾸려갈 수 있게 되었다.

• 부모님의 결혼

조부님이 만주에서 떠돌다가 고향에 돌아와 어느 정도 생활의 안정을 찾을 무렵에 친척의 소개로 혼담 끝에 부모님이 결혼하게 되었다. 결혼 후에는 부잣집 사랑방에서 계속 기거할 수가 없었기 때문에 살림집을 마련해야 했다. 마침 근동의 지인이 집터를 내주어서 흙벽돌을 직접 박아 오두막집을 짓고 결혼식을 치렀다.

한편 어머니는 어린 나이에 외조부가 갑자기 돌아가셨다. 외조부가 세상을 뜨면서 외조모는 혼자서 살아갈 방도가 없었던지 어린 자식을 버리고 새로운 남자를 만나 재가했다. 갑작스레 어머니는 고아 아닌 고아가 되었고 처지를 딱하게 여긴 당숙이 어머니를 데려갔지만, 이때부터 어머니의 구겨진 삶이 시작되었다. 집안의 갖은 잡스러운 일은 도맡아 하면서도 당숙모의 눈칫밥을 얻어먹는 처지가 되었다. 국민학교에 입학해야 할 나이가 지나도 학교의 문턱을 밟을 수도 없었다. 게다가 중이염까지 심하게 앓았지만, 어떤 치료조차 받지 못했다. 결국 청력을 거의 상실하고 평생을 청각 장애로 살아가는 불행을 맞았다. 이러한 환경 속에서 어머니는 열아홉 살에 아버지를 만나 결혼했다.

• 가난과 고단한 삶

어머니는 결혼식을 치르고 오두막집에서 신혼살림을 시작했으나 당장 필요한 세간살이가 없었다. 숟가락 정도만 있을 뿐 갈아입을 옷가지며 당장 끼니를 이어갈 쌀 한 줌 없는 곤궁함 그 자체였다. 호구지책으로 겨울에는 *고지 쌀을 가져다 먹어야 했고, 농사철에는 아버지가 날품을 팔아 마련한 양식으로 근근이 연명해야 했다. 〈고지 쌀이란, 쌀을 꾸어다 먹고 이듬해 양식을 빌려준 사람의 한 마지기(약 200평) 논에 모를 심어주기로 약속하고 미리 가져다 먹는 쌀이다.〉 시간이 아무리

지나도 생활 형편은 나아지지 않았고, 자식들까지 연속해서 태어나니 생활은 좀처럼 개선될 가망이 없었다.

어머니는 어려운 집안 살림에다 출산과 양육까지 해야 하는 삼중고의 삶이 시작되었다. 환경이 사람을 만든다는 말이 있다. 가난하고 힘든 생활에 어머니는 억척스러운 여자로 변모해 갔다. 그 시절에는 물론 임신부들은 모두 집에서 아기를 낳았지만, 어머니는 출산할 때 산바라지의 도움도 받지 못한 채 홀로 육 남매 모두를 낳았다. 게다가 아기를 낳은 날 아침에도 부엌에 나가서 밥을 지으면서 극한의 삶을 견뎌내야 했다. 요즘 세대의 눈으로 바라보면 도저히 이해하기 어려운 생생한 실화다.

또한 가족의 빨래도 어머니가 담당하는 몫이다. 요즘은 세탁의 전 과정을 세탁기가 알아서 척척 처리해 주고 손이 많이 가는 옷은 세탁소에 맡기면 그만이다. 참으로 편리한 세상이 되었지만, 그 시절은 어머니뿐 아니라, 어머니들 모두가 빨랫감을 사시사철 냇가로 가져가 손으로 빨래했다. 여름철은 빨래를 하는데 큰 문제가 없었지만, 겨울철에는 꽁꽁 얼어버린 개울물을 망치로 얼음을 깨고 고무장갑도 없이 맨손으로 빨래를 하는 동안에는 여간 힘든 시간이 아니었다. 어머니가 매일매일 마주하는 시간은 이처럼 쉴 틈도 없이 바쁘고 고단한 삶의 연속이었다.

02

의병장 고경명의 직계 후손

나는 1962년 3월 10일, 충청북도 청원군(2014년 청주시 상당구로 편입) 낭성면 관정리 175번지에서 5남 1녀 중 맏이로 태어났다. 생일이 음력 날짜를 기준으로 정해졌기 때문에 양력으로 환산하면 4월에 해당한다. 들에는 새싹이 돋아나고, 산에는 진달래꽃, 벚꽃 등 온갖 꽃들이 활짝 피어나는 화창한 계절이다. 일 년 중 원기가 가장 왕성한 때다. 1962년은 임인년(壬寅年)으로 범띠 해다. 출생 시간이 밤 10시경 〈해시(亥時) : 밤 9시~11시 사이〉 이어서 호랑이가 기지개를 켜고 활동을 개시하는 시각이다.

나는 평소에 가만히 있기보다는 일이 있든 없든 간에 몸을 움직이는 것을 더 좋아한다. 무료하다 싶으면 집에서 가까운 산책로를 찾아 산책을 다녀오기도 하고, 하다못해 집안 청소라도 한다. 이렇게 굳어진 나의 부지런한 생활 습관은 호랑이가 기지개를 켜고 활동을 시작하는 시간에 태어난 것과 무관하지 않다는 생각이 든다.

여기서 잠깐 화제를 돌려 나의 집안 내력을 소개하고자 한다.

나는 본관이 장흥이다. 본래는 제주 고씨로 탐라국(제주도) 개국 신화의 주인공인 고을나의 후손이다. 고을나의 46세손인 세자 고말로가 고려국에 복속한 후에 태조 왕건으로부터 전라도의 장흥 땅을 봉읍으로 하사받아 장흥 고씨의 중시조가 되었다. 이때부터 고말로의 후손들이 본관을 장흥으로 삼았다.

각설하고, 우리 선조 중에 훌륭하고 자랑스러운 역사적 인물로 고경명 선생을 꼽는다. 임진왜란 당시 왜군의 침입에 맞서 전라도 지방에서 창의(倡義)를 주도한 의병장이다. 호는 제봉(霽峰)으로 위에서 언급한 고말로의 19세손이고 나의 17대 직계 선조다.

고경명 선생이 열아홉 살 되던 1558년(명종13년)에 문과에 장원 급제하여 공조좌랑(정6품), 형조좌랑, 홍문관 교리(정5품) 등의 공직을 두루 역임했다. 마지막으로 동래부사(지금의 부산시장)를 거쳐 1591년 고향 광주로 돌아오자마자 1592년에 임진왜란이 발발하였다. 왜군의 북진을 피해 선조가 황급히 의주까지 몽진(蒙塵)하는 등 국가의 운명이 위기에 처하자 고경명 선생은 황급히 격문을 돌렸다.

내용은 이렇다.

'조선군이 대패하였다. 수비 방법이 어긋나고 기율이 전혀 없으며 군사들 마음이 놀라고 의심했기 때문이다. 본도(本道)는 본래 군사와 말이 날래고 굳세다고 일컬어져 왔다. 아비는 자식을 깨우치고 형은 동생을 도와 함께 일어나자. 속히 결정하여 따르고 스스로를 그르치지 말라.' (1592년 6월 1일, '선조수정실록')관군의 패배를 백성이 돌이키겠다는 격문을 띄우자 많은 선비들과 일반 백성 등이 합세하여 의병 6,000여 명을 모집하였다. 고경명 선생은 이 의병부대를 이끌고 둘째 아들 인후와 함께 전쟁터에 출동하여 호남 일대에서 왜군과 격렬한 전투를 전개하였다. 얼마 후, 한양을 향해 북진하는 왜군에 맞서 충남 금산전투에 조헌 등과 연합 작전을 펼치면서 치열하게 싸우다가 부자(父子)가 함께 장렬히 순절하였다. 이때 고경명 선생의 나이는 예순 살이었고 둘째 아들 인후는 마흔 살이었다. 시신은 맏아들 고종후가 충노(忠奴) 봉이, 귀인과 함께 쓰러진 의병부대의 사체 더미 속에서 가까스로 시신을 수습하여 고향인 광주까지 운구해서 장례를 치렀다.

충렬공 고경명 선생을 모신 광주 포충사 전경

이후, 장남 고종후는 상복을 벗을 겨를도 없이, 새로 군사 400여 명을 모집하여 김천일, 황진 등이 전투를 벌이는 진주성에 합류하여 열흘 동안 치열하게 전투를 벌이다가 끝내 순절했다. 이에 삼부자(三父子)가 모두 순국하였고, 고경명 선생의 또 다른 동생 고경형 선생까지 전사하였다. 아비 삼 형제와 아들 두 형제가 전쟁터에서 모두 나라를 위해 고귀한 생명을 바친 것이다. 참전해야 할 의무도 없었고 죽어야 할 의무는 더욱이 없었지만, 국난의 위기 앞에서 고경명 선생의 일가(一家)는 모두가 몸을 던져 대의(大義)를 실천했다.

고경명 선생은 임진왜란이 끝난 후, 조정으로부터 위국충절의 공을 인정받아 충렬공(忠烈公)이라는 시호를 받았다. 현재 광주광역시 남구 포충로 767번지에 의병장 고경명 선생의 충절을 기리는 포충사(褒忠祠)라는 사당이 세워져 있다.

포충사 유물기념관의 벽화 '창의거병도'

이 서원은 1601년 호남의 유생들이 지역의 충절 인물인 고경명 선생을 모실 사당 건립을 조정에 청원하여 선조가 '포충(褒忠)' 이라는 액호를 내려 세워진 사액 서원으로 현재 광주광역시 기념물 제7호로 지정되어 있다. 포충사는 구한말 흥선대원군이 서원 철폐령을 내렸을 때 장성군의 필암 서원과 함께 철거되지 않은 호남 지방의 단 두 개 서원 중의 하나다. 포충사 경내를 거닐다 보면 좌측 모퉁이에 충노(忠奴) 봉이와 귀인의 비석이 세워져 있다. 이들 두 사람은 금산전투에서 고경명 의병장과 둘째 아들 고인후 부자가 전사하자 두 분의 시신을 거두어 전남 장성군의 선영까지 운구해와 장사를 지낼 수 있게 큰 역할을 한 인물이다. 당시 포충사 건립 과정에서 이들 두 노비의 충의 정신을 기리기 위해 함께 세웠다고 한다.

지금도 포충사에는 충렬공 고경명 선생의 애국 충정의 정신을 숭모하는 마음으로 일선 학교의 현장 체험학습 행렬과 자녀교육을 위한 가족 단위 방문객의 발길이 꾸준히 이어지고 있다.

03

가장 오래된 기억

• 아버지의 가출과 며칠 동안의 굿판

초등학교에 입학하기 이전의 추억들은 시간이 워낙 많이 지나서 대부분 기억에서 사라졌지만, 딱 두 가지는 시간이 흘러가도 기억 속에서 지워지지 않고 있다.

여섯 살 무렵인 1967년 가을 어느 날로 기억된다. 추수가 다 끝나고 겨울이 시작될 무렵에 뒷산으로 땔나무를 하러 간 아버지가 날이 저물고 어두워졌는데도 집으로 돌아오지 않았다. 조부님은 크게 걱정이 되었던지 마을 사람들에게 급히 도움을 청하게 되었고 황급히 달려온 동네 사람들은 함께 등불을 들고 마을 뒷산으로 아버지를 찾으러 나섰다. 그날 밤늦도록 아버지를 찾지 못했고 식구들의 걱정은 이만저만이 아니었다. 이튿날도 동네 사람들과 함께 아버지를 찾으려고 동분서주했으나 결국 찾아내지를 못했다.

며칠이 지난 뒤에 마을 사람들이 어디선가 아버지를 찾아서 집으로 데리고 왔다. 그런데 평소와는 달리 넋이 나간 사람이 되어 소리를 지르는 등의 이상한 행동을 했다. 예전의 정상적인 모습이 아니었다. 아버지의 이상한 행동거지를 크게 걱정스러워하던 조부님은 '용하다' 고 소문난 두 명의 무당을 불러와 굿을 시작했다. 천장에는 오색 종이가 붙어있고 과일과 떡 등 제물이 가득 차려진 제상 앞에서 사모관대 차림의 무당이 꽹과리를 두드리면서 굿판이 며칠째 계속되었다. 굿판이 진행되는 동안에 무당은 집 뒤곁에서 꺾어온 가느다란 복숭아나무 회초리로 아버지의 종아리를 연신 내리치는 것이었다.

무속에서는 붉은색이 악귀를 쫓는 〈일명, 벽사(辟邪 : 귀신을 물리침)라고 표현함〉 색깔이라고 여겨서 무당집 대문에 붉은 깃발을 달아 놓은 모습을 흔히 볼 수 있다. 또 이사할 때 이웃집에 나눠주는 시루떡이나 돌상에 올려놓은 수수팥떡, 동짓날 먹는 팥죽 등도 모두 벽사라는 주술적 의미를 담고 있다. 마찬가지로 붉은색을 띤 복숭아 나뭇가지가 악귀를 쫓는다고 여겨져서 회초리를 치면서 의식이 행해진 것 같다.

굿판이 진행되는 동안에 조부님은 아버지가 정신적 문제로 군 생활을 정상적으로 수행하기 어렵다는 내용의 연판장을 돌려 마을 사람들로부터 서명을 받았다. 그리하여 작성된 연판장을 병무청에 제출했다. 이렇게 제출한 연판장의 힘으로 병무청으로부터 아버지의 병역면제 통지서가 날아왔고 병역 문제로 인한 아버지의 갈등은 깔끔하게 정리가 되었다.

훗날 동네 어른들이 들려준 말에 따르면 입영 통지서가 나오자 아버지는 처자식을 그대로 놔두고 군에 입대하는 문제로 고민을 많이 했다고 한다. 아버지가 조부님을 모시고 있는 3대 독자에 처자식을 둔 가장으로서 입대해야 하는 상황은 이루 말할 수 없는 고뇌와 갈등으로 다가왔을 것임은 자명하다. 아버지는 입대를 모면하는 방법을 고민하던 끝에 이러한 행동을 모의했다고 한다. 이렇게 해서 아버지는 병역을 면제 받게 되었고, 가족들로서도 천만다행한 일이 되었다.

• 조부님 회갑 잔치 풍경

회갑(回甲)은 환갑(還甲)이라고도 부르며, 60년 만에 태어난 간지의 해가 다시 돌아왔음을 축하하는 뜻으로 친척과 지인들을 초대하여 성대하게 잔치를 치렀다. 회갑을 맞이하는 사람이 병중이거나 그 해의 운이 불길하면 회갑 잔치를 차리지 않거나, 때로는 잔칫날을 좋은 날로 잡아서 앞당겨서 치르기도 했다.

참고하여, 간지는 10간(十干)과 12지(十二支)를 조합한 말로 10간은 갑(甲) · 을(乙) · 병(丙) · 정(丁) · 무(戊) · 기(己) ·경(庚) · 신(申) · 임(壬) · 계(癸)이며, 12지는 자(子 : 쥐) · 축(丑 : 소) · 인(寅 : 호랑이) · 묘(卯 : 토끼) · 진(辰 : 용) · 사(巳 : 뱀) · 오(午 : 말) · 미(未 : 양) · 신(申 : 원숭이) · 유(酉 : 닭) · 술(戌 : 개) · 해(亥 : 돼지)를 말한다. 간지의 순서는 갑자 · 을축 · 병인 · 정묘 · 무진 · 기사 등의 순서로 배열되는데 60회가 되면 다시 처음의 간지, 갑자로 되돌아오기 때문에 이를 일컬어 회갑이라고 부른다.

회갑 일 년 후를 진갑(進甲)이라고 하여 이날도 잔치를 베풀었다. 진갑잔치는 환갑잔치만큼 푸짐한 잔치는 아니어도 생일잔치보다는 성대하게 잔칫상을 차렸다. 진갑을 지낸 뒤에는 더 이상 큰 생일잔치는 하지 않고, 70세의 생일에 고희(古稀) 잔치, 77세의 생일에 희수(喜壽) 잔치, 88세의 생일에도 미수(米壽) 잔칫상을 차렸다.

오랫동안 전해온 회갑 잔치 풍속은 90년대까지 명맥을 이어오다가 2000년대에 들어서면서 급속히 퇴색하기 시작했다. 평균수명이 늘어나 100세 시대를 눈앞에 둔 오늘날에는 회갑의 의미가 퇴색하고 가족끼리 모여서 식사하는 정도로 약소

해졌다.

조부님의 회갑 잔치는 초등학교 입학을 앞둔 일곱 살 되던 1968년 가을에 치러졌다. 이날 마을 사람들은 아침 일찍부터 마당에 차일을 치고 막걸리 통을 실어 오는 등 분주하게 움직이고 마당에는 잔칫상을 펼쳐 놓았다. 마당 귀퉁이에서는 손님맞이 채비로 물이 펄펄 끓는 큰 가마솥에 연신 잡채와 국수를 삶아내며 잔치 분위기가 달아올랐다. 아버지가 3대 독자다 보니 삼촌이나 고모 같은 가까운 친척은 없었지만, 제법 많은 손님들이 찾아와서 잔칫집 분위기를 달구었던 것 같다.

회갑 잔치를 위해 어떻든 간에 손님을 초대해서 잔치를 치르는 일은 지금도 생각처럼 쉬운 일이 아니다. 기댈 만한 친척이라고는 한 사람도 없었던 3대 독자 집안에서, 더구나 입에 풀칠하기조차 쉽지 않았던 어려운 집안 형편에서 이웃과 친척을 초대해서 회갑 잔치를 치렀다고 생각하니 실로 엄청난 일을 해냈다는 생각이 든다. 어려운 형편에 조부님의 회갑 잔치를 치러 내기 위해 부모님이 쏟았던 수고와 정성의 크기를 되뇌어 보곤 한다.

04

초등학교 6년의 단상(斷想)

• 생애 첫 입학

1969년 3월의 첫날, 집에서 그리 멀지 않은 곳에 자리한 산동초등학교 교정에 첫발을 들였다. 〈현재는 폐교되어 건물은 사라지고 학교터의 흔적만 어렴풋이 남아 있다.〉 입학식 날 아침에 여느 아이들처럼 왼쪽 가슴에 손수건을 달고 조부님을 뒤따라 학교에 갔다. 낯설고 두렵게 느껴졌던 학교 교문을 들어섰고 곧 입학식을 하고 나서 본격적인 학교생활이 시작되었다. 첫 입학은 설렘보다는 두려움이 앞섰다. 나는 또래들보다 숫기 없는 내성적인 아이였던 터라, 학교로 향하는 발걸음이 무척 무거울 수밖에 없었다.

우리 마을은 열 가구 남짓의 작은 마을이었음에도 베이비붐 세대답게 나를 포함해 모두 네 명이 또래 친구로 입학했다. 나 말고 세 명은 모두 형이나 누나가 든든한 보호자 역할을 해줘서 학교라는 낯선 환경에 어렵지 않게 적응하는 과정을 보면서 나는 또래 친구들이 무척 부러웠던 기억이 난다.

입학식 날에 아이들 모두 부모님 손을 잡고 첫 등교를 했지만 나는 조부님의 손을 잡고 학교로 갔다. 나뿐 아니라 동생들도 모두 그랬다. 부모님이 세상 물정에 어둡다고 생각했던 조부님은 손주들에 관한 일은 모두 조부님이 도맡아서 처리하곤 했다. 학교와 진로에 관한 손주들의 모든 일은 모두 조부님의 몫이었다.

• 잊지 못할 3학년 담임선생님

초등학교 저학년 당시의 기억은 가물가물하지만 3학년 때부터는 많은 추억과 장면들이 기억 속에 남아 있다. 3학년 때 담임을 맡아 가르쳐주신 분은 이옥경 선생님이다. 담임선생님은 교육대학을 졸업하고 곧바로 우리 학교에 부임해서 3학년의 우리 반을 맡았다. 담임선생님은 젊은 여선생님인데다가 목소리도 맑고 예쁜 인상으로 수업도 재미있게 해 주셔서 아이들로부터 인기가 무척 많았다. 선생님은 가끔 옥수수 튀밥을 튀겨 와서 수업이 끝난 방과 후 시간에 교실에 풀어 놓고 파티를 벌였다. 지금은 튀밥이 아이들 눈에 차지 않는 그저 그런 정도의 것이지만, 변변한 간식거리라고는 찾아보기 어려웠던 1970년대에는 아이들에게 그야말로 튀밥은 정말 없어서 못 먹는 특별한 먹거리였다. 그런 튀밥을 예쁜 선생님과 함께 둘러앉아 맛있게 먹는 방과 후 시간이 얼마나 즐거웠는지 모른다.

어느 날은 담임선생님이 학교 뒷산에 올랐다가 옻나무에 닿아 옻이 올랐던지 어느 날 갑자기 팔목과 목덜미 등에 옻이 잔뜩 올라 있었다. 당시는 민둥산을 울창한 숲으로 만드는 산림녹화 운동이 대대적으로 펼쳐지던 때라, 봄에는 소나무 잎을 갉아 먹는 송충이 잡기에 초등학생까지 동원하던 시절이었다. 산에 송충이를 잡으러 우리를 데리고 갔다가 옻나무가 피부에 스쳐서 옻이 옮은 것이다. 마침 학교에서 그리 멀지 않은 곳의 동네 어귀에 그 샘물로 씻으면 옻이 금방 낫는다는 유명한 옻 샘이 있었다. 담임선생님의 옻 오름을 걱정하면서 선생님의 옻이 빨리 나을 수 있도록 친구들과 함께 달려가 옻 샘물을 길어왔다.

그러던 차에 4학년이 되면서 정말 좋아했던 담임선생님은 오신지 일 년 만에 다른 학교로 떠나갔다. 다시는 뵐 수 없게 되었다는 생각 때문에 허전함과 아쉬움은 이루 말할 수 없었다. 이후 세월이 흘러 이제 중년을 지나 노년기의 나이에 접어들고 있지만, 국민학교 3학년 때 담임선생님과의 아름다운 추억들은 뇌리에 남아 계속해서 꿈틀거리고 있다.

이렇게 담임선생님과 함께했던 크고 작은 소중한 추억들이 기억에서 지워지지 않고 계속해서 살아 있다는 것은 정말 큰 행운이고 행복이다.

• 박정희 유신헌법의 추억

1972년 4학년 새 학기를 맞이하면서는 무뚝뚝하고 사무적인 성격의 담임선생님을 만났다. 곱슬머리 머릿결에 가죽점퍼를 주로 입고 다녔던 선생님이다. 담임선생님은 우리한테 유신헌법을 유난히 홍보했던 유별난 선생님이다.

그해 박정희 대통령은 종신 집권을 위해 민심의 반대를 무릅쓰고 유신헌법을 선포했다. 일선 학교는 유신헌법의 계기교육에 충실했고, 담임선생님은 4학년의 어린 학생들에게 유신헌법 운운하면서 유신헌법은 '한국적 민주주의의 토착화'라는 등의 아이들에게 직접 와 닿지 않은 말을 입이 닳도록 강조해서 말했다. 유신헌법을 설명할 때는 한국인이 서양 옷을 입으면 우리 체형에 맞지 않기 때문에 우리 체형에 맞는 옷을 입어야 한다는 식의 비유를 들어가면서 수업하는 것을 들어야 했다. 그때 담임선생님의 생각이 어떠했는지는 잘 모르겠으나 독재정권의 정책을 비판하기는 쉽지 않았을 것이다. 유신헌법을 만들어 종신 집권을 노린 박정희 정권이 절대 권력의 기반을 닦기 위해 어린 초등학생들에게까지 정권의 홍보 대상으로 삼아서 정신교육을 실시했다는 것만큼은 분명한 사실이다.

• 국민교육헌장 암송

또 하나는, 국민교육헌장에 관한 기억이다. 1968년 12월 5일 박정희 정권은 반공교육과 민족중흥이라는 통치 이념을 담은 국민교육헌장을 선포하였다. 그 후 정부는 초·중·고를 불문하고 전국의 모든 학교에서 학생들이 국민교육헌장의 전문을 무조건 암기하도록 일선 학교에 지침을 내렸다. 이에 맞춰 전교생이 국민교육헌장 전문 암송에 들어갔고,

담임선생님도 학생들에게 국민교육헌장을 암기하도록 다그쳤다. 4학년의 어린 학생들이 헌장에 담긴 뜻이 무엇인지 이해하지도 못했음에도 선생님의 강요에 못 이겨 의미도 모른 채 헌장의 전문을 외워야 했다.

국민교육헌장 '우리는 민족중흥의 역사적 사명을 띠고 이 땅에 태어났다. 조상의 빛난 얼을 오늘에 되살려 안으로 자주독립의 자세를 확립하고~'로 시작되고, '~신념과 긍지를 지닌 근면한 국민으로서 민족의 슬기를 모아 줄기찬 노력으로 새 역사를 창조하자'로 끝나는 총 393자나 되는 긴 내용의 전문을 앵무새처럼 반복해서 외웠다. 국민교육헌장 전문을 외우기 위해 나머지 공부도 하고 손바닥을 맞아가면서까지 날마다 외워 댔으니 기적 같은 일이 벌어진 것이다. 국민교육헌장 암송이야말로 박정희 독재정권이 체제 유지를 위한 통치 이념을 초등학생들에게까지 일방적으로 강요하던 70년대 대한민국 학교 교육의 씁쓸한 풍경이었다.

• 보리 베기 후 이삭줍기

또 다른 1970년대의 진풍경은 보리 이삭줍기이다. 당시는 우리나라 1인당 국민소득이 1,000달러에도 못 미치는 모두가 가난한 시절이었다. 먹을 식량이 턱없이 부족해서 한 톨의 곡식이라도 버려지는 것을 막아야 했다. 식량이 부족한 현실에서 보리는 식량자원으로써 중요한 몫을 감당하고 있었다.

보리는 11월에 파종하면 싹이 튼 채로 밭에서 월동하고 봄이 되면 자라나서 5월 초순에 꽃이 피고 누렇게 익은 6월에 수확한다. 보리는 수확하는 과정에서 이삭이 잘 떨어지기 때문에 한 톨의 보리가 아쉬운 시절이라 보리를 수확하고 나서도 보리밭에 나아가 떨어진 보리 이삭을 주워야 했다. 지금처럼 식량이 남아돈다면 굳이 이삭을 주울 필요가 없었겠지만. 농촌에서는 일손이 부족했기 때문에 밭에 떨어진 보리 이삭을 주울 겨를이 없었다. 그렇다고 보리 이삭을 그대로 밭에 버려둘 수도 없는 일이었다. 부득불 어린 학생들이 보리 이삭 줍기에 동원되는 일이 벌어졌다.

오전 수업을 마치고 학교 인근 마을의 지정된 보리밭에 나가 이삭을 주웠다. 대개 학년 단위로 나갔는데 밭에 도착하면 학생들이 일렬횡대로 줄을 선 다음에 선생님의 지시에 따라 앞으로 나아가면서 자기 앞에 떨어진 보리 이삭을 줍곤 했다. 주워 모은 보리 이삭을 밭 주인이 수거하면 이삭줍기는 마무리가 되었다. 가끔 형편이 괜찮은 밭 주인이 이삭줍기가 끝나고 선물처럼 나눠주었던 건빵의 맛은 정말 꿀맛 그 이상이었다.

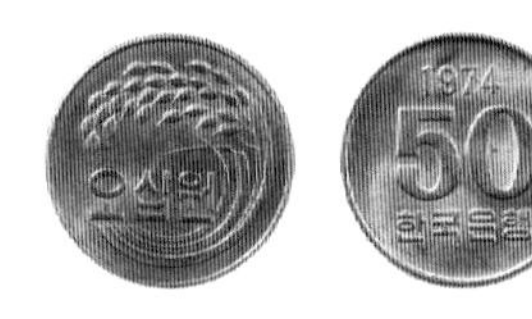

보리 이삭줍기는 말 그대로 보릿고개를 거쳐 온 마지막 풍경이었다. 정부는 식량난을 해결하고자 오랜 연구 끝에 키는 작고 줄기가 단단해 잘 쓰러지지 않으면서 수확량은 훨씬 많은 신품종 통일벼를 개발했다. 신품종 통일벼가 1972년부터 농가에 보급되기 시작하면서 보릿고개는 역사의 뒤안길로 사라지고 온 국민의 숙원이었던 식량 부족 문제를 일거에 해결하는 시발점이 되었다. 50원짜리 주화 뒷면에 통일벼 문양을 새겨 넣은 것만 보아도 통일벼 보급을 통한 식량의 자급자족 달성이 시대적으로도 얼마나 위대한 사건이었는지를 보여주는 사례가 된다.

• 학교 뒷산에 올라 송충이 잡기

한편, 연초록 솔잎이 활짝 돋아나는 5월이 되면 전교생이 구역을 정해서 일제히 산으로 송충이를 잡으러 갔다. 1970년대에는 6.25 전쟁으로 산이 황폐해진 민둥산에 나무를 심어 푸른 숲으로 만드는 일명, 녹화사업이 전 국민운동으로 전개되고 있었다. 이런 국면에서 심은 지 얼마 안 된 어린 소나무가 채 자라기도 전에 송충이가 달라붙어 솔잎을 모조

리 갉아 먹으면 소나무는 죽게 된다. 송충이 방제약이 없던 시절이라 사람의 손을 빌려 송충이를 잡아야 하는데 봄철 농번기를 맞아 송충이 잡을 인력이 부족한 형편이라 어린 학생들이 송충이 잡기에 동원되었던 것 같다. 등교 후에 저학년을 제외한 전교생들이 오전 수업을 마치고 학교 인근의 산에 올라 송충이를 잡곤 했다.

소나무 가지에 붙어서 솔잎을 모조리 갉아먹는 송충이는 생김새도 흉측하게 생겼을 뿐 아니라, 온몸에 듬성듬성 가느다란 털이 나 있다. 그 털에 피부가 닿으면 금방 피부가 붉게 충혈하고, 가려워져서 긁게 되면 피부발진 등이 생긴다. 따라서 손으로 송충이를 잡지는 못하고 젓가락처럼 나무집게를 만들어 한 마리씩 잡아서 봉지에 넣은 다음 모아서 한꺼번에 살처분했다.

지금의 관점에서 바라보면 상상하기 어려운 일이지만 1970년대의 학교 현장에서 벌어진 그야말로 진풍경이었다. 이처럼 어린 학생들이 송충이를 잡기 위해 교과수업을 단축하고 산으로 총동원하는 일이 빈번하게 벌어져도 누구도 항의하거나 이의를 제기하는 사람은 없었다.

• 공부는 적게, 일은 많이

5학년 때 담임선생님은 시골 농부처럼 얼굴은 검고 차림새도 그저 허름한 점퍼만 입고 다녔던 분이었다. 지금으로서는 도저히 이해할 수 없는 일이지만 담임선생님은 가르치는 일보다는 학교 뒤편의 텃밭을 가꾸는 일에 더 공을 들였던 분이다. 담임선생님이 관리하는 학교 텃밭이 꽤 넓은 편이라서 일과 중에도 거의 매일 같이 공부보다는 밖에 나가서 나무 묘목을 옮겨 심고 해바라기, 피마자 등의 식물을 가꾸는 작업을 해야 했다. 텃밭 작업이 끝났다 싶으면 뒷산에 올라가서 고사리와 고비, 도라지 같은 약초를 캐다가 학교 텃밭에 옮겨 심는 일도 했다. 그뿐이 아니었다. 어른들이 하더라도 며칠이 소요되는 큰 연못을 만들기 위해서 삽과 곡괭이로 연못 구덩이를 파는 일까지 작업은 거의 일 년 내내 지속되었다. 돌아보면, 거의 매일 같이 등교해서 하교할 때까지 공부는 뒷전이었고 노동 아닌 노동이 교육을 대신했다.

• 교훈이 되어 준 선생님

1974년 3월 새 학기가 시작되자 마지막 6학년 담임선생님은 젊고 패기 넘치는 20대 남자 선생님을 만났다. 교육대학을 졸업하고 발령이 나서 오신 분이었다. 담임선생님은 젊고 정의감이 있어서 부당한 일은 참지 못하는 성품을 지녔던 것 같다. 1970년대의 권위적인 교단 분위기 속에서도 윗사람인 교감이나 교장 선생님에게 꼭 해야 할 말은 하는 분이었다. 공부보다는 스스럼없이 텃밭으로 나가게 해서 일을 시키는 구태를 보다 못한 담임선생님이 교장 선생님을 찾아가 이의를 제기하기도 하고, 교육과 배치되는 교감 선생님의 부당한 지시에 언쟁을 벌이는 모습도 종종 볼 수 있었다. 덕분에 5학년 때보다는 텃밭에 나가 작업하는 횟수가 현저히 줄어들게 되었는데 모두가 이런 담임선생님을 무척 좋아했다. 교감 선생님에게 무조건 고분고분했던 5학년 때 담임선생님과는 다르게 꼭 할 말은 하는 용기 있는 담임선생님의 강직한 모습에서 학생들은 깊은 인상을 받았다.

또 담임선생님은 대학을 갓 졸업하고 오신 분이라 그런지 영어 실력도 좋았다. 수업 시간에 가끔씩 영어 동화책을 읽어주곤 했는데 발음이 아주 정확하다는 느낌을 받았다. 선생님은 깐깐하면서도 매사에 원칙을 중시하고 있다는 것을 알게 되면서 존경하는 마음도 자연스럽게 커졌다.

하지만 선생님에 대한 기억이 이처럼 좋은 것만 있는 것은 아니다. 담임선생님은 물고기를 잡는 것을 좋아하여 종종 학교 옆 냇가로 나갔다. 그런데 문제는 담임선생님이 늘 특정 동네 아이들만 데리고 나갔다. 평소에도 목소리가 크고 적극적이었던 이 친구들에게 담임선생님은 더 많은 관심을 주었기 때문에 다른 친구들은 상대적으로 선생님으로부터 소외당하고 있다고 생각할 수밖에 없었다. 담임선생님이 안겨준 편애의 상처는 어른이 되어서도 두고두고 기억 속에 남아 완전히 지워지지 않고 있다.

평생 교육자의 길을 걸어오면서 6학년 때 담임선생님의 잘못된 편애를 교훈 삼아 중용의 마음을 잊지 않고 살아왔다. 무심코 던진 말 한마디, 행동 하나하나가 혹시라도 상대방의 마음에 상처가 되지는 않을까? 라는 조심스러운 마음으로 살고 있다.

• 채변봉투 이야기

초등학교 시절을 보내면서 빼놓을 수 없는 추억 하나를 꼽으라고 한다면 채변봉투 이야기가 아닐까. 1970년대 우리나라는 기생충 왕국이라 불릴 정도로 국민 대다수가 기생충에 감염되어 있었다. 당시 보건 위생환경이 오늘날처럼 청결하지도 않고, 의료체계도 갖추어지지 않은 상황이었다. 특히 농촌의 경우, 화학비료가 부족한 현실에서 밑거름으로 쓰기 위해 가정마다 변소에서 나오는 인분을 채소밭에 뿌린 것이 기생충 왕국으로 만드는 원인이 되었다.

1970년대까지는 화학비료가 부족하던 시절이고 행정 체계도 미비해서 지금처럼 인분 차량이 수거해가지도 않았고 그대로 텃밭에 가져다가 뿌렸다. 그 인분 속의 기생충이 무, 배추, 상추 등의 채소 잎에 그대로 옮겨 붙어 사람이 섭취하는 환경에 고스란히 노출되어 있었다. 특히 맨발로 밭에 들어가 일하는 농부나 밭에서 뛰어노는 아이들은 십이지장충에 감염되는 최적의 환경이었다. 이처럼 비위생적인 환경으로 인해 많은 이들이 회충, 요충, 십이지장충 등 기생충에 감염되어 건강 상태가 나빠질 수밖에 없었다. 식량 부족으로 영양상태도 안 좋은 상태에서 배 속에 기생충까지 감염되었으니, 아이들의 발육 상태가 부진한 것은 당연지사였다.

정부는 산하에 기생충박멸협회를 설립하여 기생충 박멸 운동을 전 국민운동으로 전개하였다. 학교에서는 주기적으로 학생들에게 채변봉투를 나눠주고 대변 검사를 했다. 채변봉투는 명함 크기의 노란 종이봉투로 봉투 속에는 조그만 비닐봉지가 들어 있다. 그 작은 비닐봉지 속에 강낭콩 크기의 대변을 넣은 다음에 실로 꼭 묶어 제출하면 되었다. 장난기가 심한 아이들은 대변 대신 된장을 넣어 제출했다가 나중에 들통이 나서 선생님에게 호되게 혼나는 일도 종종 일어났다.

아무튼, 며칠 후에 대변 검사 결과가 나오고 기생충이 확인되면 담임선생님은 해당 학생을 불러 구충약을 나누어 주었다. 이때 많은 대상자가 구충약 복용을 피해 갈 수 없었으니 당시의 위생환경이 어떠했는지 짐작이 되고도 남는다. 구충약을 복용한 후에는 자신의 대변을 관찰하여 기생충이 몇 마리 나왔는지 결과를 선생님께 보고해야 했다.

실제로, 구충약을 복용한 후에 배설한 대변에서 길이가 한 뼘도 더 되는 무시무시한 회충이 몇 마리씩 발견되는 것을 목격할 때는 온몸이 오싹해지는 느낌을 받곤 했다. 배 속에 이렇게 커다란 기생충이 살고 있었다는 사실이 믿겨 지지 않을 만큼 충격적인 경험이 아닐 수 없었다.

05

70년대, 동심의 세상에서

- 한겨울 연날리기와 썰매 타기

요즘 아이들은 영어학원 가랴, 미술학원 가랴, 태권도장에 가랴, 부모들이 짜 놓은 일정에 맞춰 어른들 못지않게 하루의 일과가 정말 바쁘다. 엄마들이 어린 자녀들의 하루 일정을 하나하나 챙기고 보살핀다. 그러나 1970년대의 유년 시절을 돌이켜보면 지금처럼 공부하라는 부모님들의 성화나 독촉 같은 거의 없었다. 비록 먹을 것도 부족하고 변변한 놀이 공간 하나 없었지만, 마음껏 뛰놀면서 동심의 세상을 자유롭게 즐길 수 있었던 행복한 시절이었던 것 같다.

특히 겨울이 되면 아무리 날씨가 추워도 아이들은 가장 신나게 뛰어놀 수 있는 행복한 세상이 된다. 가장 먼저 연날리기가 시작되기 때문이다. 연 만들기는 대나무 살을 가늘게 깎아서 미리 오려놓은 종이에 붙인 다음에 나일론실을 연결하면 누구나 쉽게 만들 수가 있다. 하지만 만든 연의 양쪽 균형이 맞지 않으면 높이 날아오르지 않고 땅바닥으로 곤두박질치고 만다. 대나무 살의 굵기도 잘 조절해야 하고 연에 연결된 실의 길이를 알맞게 조정해야 연은 하늘 높이 날아오를 수가 있다.

겨울철에는 들판에 농작물도 없고, 북풍이 적당히 불어주기 때문에 연날리기에 가장 좋은 계절이다. 연은 좌우 균형을 잘 맞추어 만드는 것도 중요하지만 바람이 어느 정도 불어주어야만 높게 날아오른다. 높푸른 창공에 떠 있는 연을 바라보는 즐거움은 연을 날려본 사람만이 안다. 하늘 높게 떠 있는 연을 바라보면, 마치 내가 높은 하늘을 나는 것 같은 기분을 느낄 수 있다는 게 연날리기의 가장 큰 매력이라고 생각된다.

연날리기에 흥미를 잃어갈 즈음이 되면 아이들은 자연스럽게 썰매 타기로 놀이의 흐름이 바뀐다. 요즈음은 기후 변화 때문인지 한겨울에도 큰 추위가 지속되지 않아 얼음이 단단하게 얼지 않는다. 과거에는 영하 10도 내외의 맹추위가 겨우내 계속되었다. 동네 아이들은 겨울이 시작되자마자 마을 앞의 수확을 마친 텅 빈 논바닥에 물을 가득 대놓고 얼음이 얼기를 기다렸다. 날씨가 추워지면서 꽁꽁 얼어버린 얼음판은 온 동네 아이들이 종일 놀 수 있는 신나는 놀이터가 되었다. 아무리 추운 날에도 아이들은 얼음 위에서 썰매를 타고, 팽이치기도 하면서 놀다 보면 시간이 가는 줄을 몰랐다. 춥다 싶으면 주변에서 마른 나뭇가지를 주워 모아 모닥불을 피워놓고 시린 손과 발을 녹였다. 어쩌다가 깨진 얼음에 발이 빠져 양말이 젖었을지라도 모닥불에 대충 말려서 다시 신고 놀았다. 물에 젖은 양말을 급히 말리려다가 새로 사서 신은 양말을 태워 먹어 어머니에게 죽도록 혼이 나기도 했다.

썰매는 각자 집에서 만들어서 탔다. 아이들에게는 썰매는 겨울을 나는 동안에 아주 중요한 놀이 도구다. 또래 친구들은 썰매를 형이나 아버지가 만들어 주었지만, 형도 없고 아버지는 썰매 같은 것에는 관심을 가질 겨를도 없었기 때문에 썰매를 구하는 일이 쉽지 않았다. 이리저리 궁리하다가 썰매 재료를 구해서 뚝딱뚝딱하다 보면 어느 순간에 그런대로 탈 만한 썰매가 만들어졌다. 못질조차 서툴렀던 어린 나이였음에도 어떻게 해서든지 썰매를 만들어 탔다.

• 함박눈이 내린 날에는

1970년대의 겨울은 춥기도 워낙 추웠지만, 눈도 지금보다 훨씬 많이 내렸다. 눈이 내리면 아이들과 강아지가 가장 좋아한다는 말이 있다. 시골의 아이들은 눈이 온 날에는 특별한 추억을 만들 수 있는 신나는 날이었다. 과거에는 눈도 자주 내렸고, 또 눈이 쌓이면 보통 무릎까지 닿을 정도로 많이 내렸다. 눈이 내린 날이면 마을 사람들은 통행에 불편함이 없도록 눈을 치우는 작업을 서둘러서 했다. 아버지도 역시 새벽부터 일어나 마당에 내린 눈을 쓸어 모으고 마을 사람들이 다닐 수 있도록 사립문 밖 멀리까지 쌓인 눈을 치웠다.

아버지가 마당에 눈을 쓸어 모으면 그 눈을 사립문 밖으로 치우는 것은 언제나 나의 몫이었다. 집 밖으로 치운 눈이 쌓여서 수북해지면 그 수북한 눈덩이의 옆면을 한 삽씩 파내서 눈 집을 만들었다. 한참을 파내다 보면 공간이 넓어져 서너 명의 아이들이 거뜬히 앉을 수 있는 넓은 눈 집이 만들어졌다. 그 자리에 돗자리를 가져다가 깔면 눈 집 만들기는 끝이 났다. 이 눈 집은 비록 작을지라도 몽골의 전통가옥 게르와 비슷한 모습으로 추위에도 끄떡없는 공간으로 온종일 아이들의 신나는 놀이터가 되었다.

• 설날 아침 세배 다니기

한겨울 추위도 잊은 채 하루하루 신나게 놀다 보면 어느새 설날이 다가오면서 어른들은 설맞이 준비로 바빠지기 시작했다. 먹을 것도 부족하고 여러모로 곤궁했던 시절이라 아이들에게 설날은 더 특별한 의미로 다가왔다. 우리 집의 경우는 예외는 아니었다. 막상 설날이 되어도 3대 독자 집안이라 삼촌이나 고모처럼 특별한 손님이 찾아와서 세뱃돈을 받을 수 있는 것도 아니었지만, 그렇더라도 설날은 마냥 좋았다. 맛있는 떡국도 먹을 수 있고 평소에 먹어보기 어려운 별난 음식들도 먹어볼 수 있게 되기 때문이었다.

1970년대에는 우리의 전통문화와 미풍양속이 고스란히 살아 있던 시절이었다. 아침에 차례를 지내고 나면 마을 사람들은 집집이 어르신들을 찾아다니며 세배를 드리는 풍습이 있었다. 반드시 해야 할 의무는 아니었지만, 남자들은 어른과 아이 할 것 없이 마을의 어르신들께 세배를 드리러 가는 것이 중요한 일과였다. 우리 집에도 조부님을 뵙고 세배를 오는 사람들로 발길이 끊이지 않았고, 아버지도 역시 마찬가지로 마을의 어르신 댁을 찾아 세배를 드렸다. 큰절을 받은 어른들은 공부 열심히 해서 훌륭한 사람이 돼라, 부모님 고생하시는데 말씀 잘 듣고 착한 사람이 돼라 는 등의 덕담을 들려주었다. 어른들로부터 덕담을 듣고 나면 인정이 많은 집에서는 음식을 차려내는 일도 있었는데 차려내 온 차례 음식을 먹는 즐거움도 세배를 다니는 보람 못지않게 컸다.

이처럼 이웃의 웃어른을 찾아뵙고 세배를 드리는 풍습은, 어른을 공경하고 이웃 간의 정과 관계를 돈독하게 해 준 우리 고유의 아름다운 전통이었다. 그러나 1970년대 빠른 산업화 시대를 지나고 1990년대 정보화 사회를 거쳐 오면서 계승해야 할 우리의 아름다운 전통 세배 문화가 완전히 사라져 버렸으니 너무나 아쉽고 안타까운 일이 아닐 수 없다.

• 정월 대보름맞이, 신나는 놀이

설날이 지나가고 곧 정월 대보름이 다가오면 계절의 변화에 맞춰 아이들의 놀이도 시나브로 바뀐다. 그동안의 연날리기나 썰매타기 등의 놀이에서 벗어나 쥐불놀이나 논이나 밭둑을 태우는 놀이로 자연스럽게 옮아간다.

먼저 쥐불놀이를 즐기기 위해서는 깡통을 준비해야 한다. 빈 깡통에 못으로 촘촘하게 구멍을 숭숭 뚫은 후에 철사 줄을 연결해서 한 발 정도의 줄을 만들면 쥐불놀이를 위한 깡통이 만들어진다. 그다음에 산에 올라

가서 관솔가지를 한 뭉치 챙겨오면 쥐불놀이 준비는 모두 끝이 났다. 아이들은 날이 어두워지기를 기다렸다가 어둑어둑해질 무렵이 되면 쥐불놀이를 시작했다. 모두가 마을 앞 텅 빈 밭 한가운데 모여서 관솔에 불을 붙이고 깡통을 빙빙 돌리면 불꽃이 둥근 원을 그리면서 어두운 밤에 일대 장관을 연출한다. 동심(童心)은 관솔불이 빙빙 돌면서 활활 타는 불꽃 속으로 푹 빠져들게 되고 쥐불놀이는 절정에 다다른다. 칠흑의 어둠을 불사르는 쥐불놀이는 정말 밤이 깊어가는 줄 모르고 즐겼던 어린 시절의 가장 신나는 추억의 하나로 남아 있다.

다음날 낮이 되면, 아이들은 마을 앞 논둑과 밭둑을 태우는 쥐불놀이에 푹 빠졌다. 사람들이 좋아하는 세 가지 구경거리가 불구경, 물 구경, 싸움 구경이라고 하는데 콜록콜록 연기를 마셔가며 논·밭둑을 태우는 쥐불놀이도 시간 가는 줄도 모르고 빠져드는 재미있는 놀이 중의 하나다.

아이들의 불장난처럼 보이는 논·밭둑을 태우는 불놀이도 단순한 놀이 이상의 의미 있는 놀이다. 쥐불놀이를 통해 논·밭둑에서 월동하는 작물의 해충을 제거함으로써 농사철 병충해 예방에 작으나마 도움을 주었으니, 아이들이 논과 밭둑을 태우는 불장난처럼 보였던 쥐불놀이가 그해의 풍년 농사에도 도움을 주었다.

이렇게 신나게 놀다 보면 금세 정월 대보름이 돌아온다. 정월 대보름은 음력 1월 15일의 다른 명칭이다. 대보름날 행사는 주로 대보름을 전후해서 행해졌다. 어머니는 없는 살림이었음에도 이날만큼은 대보름날 풍습에 맞춰 오곡밥과 산채 나물로 이른 저녁상을 차렸다. 대보름날에 먹는 오곡밥은 해가 지기 전에 먹어야 한다는 풍습이 있어서 평소보다 일찌감치 먹었다. 오곡밥은 봄에 말려 두었던 각종 산채 나물과 곁들여 먹었는데 산채 나물을 먹으면 한여름에 더위를 먹지 않는다는 속설도 있다. 오곡밥은 쌀, 조, 팥, 수수, 검정콩을 섞어 지은 밥으로 겨울철 부족하기 쉬운 영양분을 보충하기 위한 의미뿐 아니라, 맞이할 한 해의 액운을 쫓고 행복과 안녕을 기원하는 뜻도 담겨 있다.

어머니는 정월 대보름에 먹을 산채 나물을 준비하기 위해 봄이 되면 마을 인근의 야산에 올라 산나물을 뜯어왔다. 그리고 채취해온 산나물을 큰 가마솥에 데친 다음에 햇빛에 잘 말려서 통풍이 잘되는 곳에 매달아 놓았다. 이러한 어머니의 정성과 노력으로 지금껏 자식들이 모두 건강하게 살아가고 있는 것은 아닌지 생각해 본다.

정월 대보름에 부럼 깨기 풍습도 있다. 대보름날 아침에 일어나서 잣, 호두, 밤, 은행 등 껍데기가 딱딱한 과일을 깨문다. 부럼을 깨물면 일 년 동안 부스럼이 나지 않고 이가 튼튼해진다고 믿었다. 1970년대에는 아이들 머리에 부스럼이 무척 많이 생겼다. 부스럼이 어찌 그렇게 많이 났던지 손톱으로 부스럼을 뜯느라고 손이 수시로 머리로 갔던 기억을 생각하면 부럼 깨기의 유래를 어렵지 않게 짐작해볼 수 있다.

정월 대보름날 밤에 밥 훔쳐 먹었던 일도 재미있는 추억으로 남아 있다. 저녁때가 지나고 어두워지면 아이들이 모여서 거사(?)를 모의한 후에 커다란 그릇을 들고 밥 도둑질에 나섰다. 한 집 한 집 몰래 사립문을 통과해서 부엌으로 들어갔다. 두근거리는 가슴을 진정시키며 무쇠 솥뚜껑을 조심스레 열고 밥을 훔쳤다. 간혹 솥뚜껑을 열다가 주인에게 들켜 줄행랑을 치기도 했다. 이렇게 훔친 밥은 맨밥으로 먹을 수 없었기 때문에 다시 찬장 속을 뒤져 고추장이며, 나물이며, 하물며 동동주까지 훔쳐와서 서로 둘러앉아 고추장을 섞어가며 맛나게 비벼 먹으면 그렇게 맛있을 수가 없었다.

나중에 알게 된 사실이지만, 어른들이 아이들을 생각해서 일부러 밥을 솥에 넣어두었다고 한다. 온갖 먹거리가 넘쳐나는 지금의 아이들에게 부엌에 몰래 들어가 밥을 훔쳐 먹었다는 이야기는 좀처럼 이해가 되지 않을 것이다. 어찌했든 밥을 훔쳐 먹는 풍속은 먹을 것이 부족했던 1970년대 초반까지의 가난했던 시절에 행해졌던 아름다운 추억 중의 하나다.

• 칡뿌리 캐는 재미

계절이 바뀌면 아이들의 놀이 문화도 이에 맞춰 새로운 놀이로 재빨리 옮겨갔다. 봄이 되어 날씨가 화창해지면 아이들은 곡괭이와 삽, 톱 등 연장을 챙겨서 칡뿌리를 캐기 위해 산기슭으로 향했다. 칡은 땅속 깊이 뿌리를 박고 자라는 다년생 덩굴 식물이다. 몇 년 묵은 칡뿌리는 굵기도 굵거니와 땅속 깊숙이 뿌리를 박고 있어 아이들이 칡을 캐는 작업은 쉬운 일이 아니었다. 그렇지만 서로 힘을 모아 한 삽 한 삽 흙을 뜨다 보면 아무리 뿌리가 깊이 박힌 칡뿌리도 캐낼 수 있었다. 칡을 캐는 동안에 서로가 힘을 모아 협력하는 시간은 재미도 있고 우정도 쌓아가는 매우 유익한 시간이기도 했다.

금방 캔 칡뿌리를 물에 깨끗이 씻은 다음에 짧게 썰어서 씹어 먹기도 하고, 칡뿌리를 가늘게 찢어서 햇빛에 잘 말려 보관해두었다가 겨울철에 칡차로 끓여 먹으면 입맛도 돋우고 건강도 챙기는 일석이조의 효과를 누릴 수가 있다.

이렇다 할 먹거리가 없었던 시절에 칡뿌리는 새봄에 즐길 수 있는 둘도 없는 요긴한 군것질거리였다고 생각한다. 요즘의 아이들이 즐겨 먹는 햄버거나 피자 등과 견줄 수 없는 그야말로 최고의 천연 건강식품이라고 할 수 있다. 그래서인지 나이 60을 넘어선 지금까지도 잔병치레 없이 건강을 유지하며 살아가고 있는지도 모른다. 여러 가지로 어렵고 부족한 시대에 태어난 세대는 맞지만, 달리 보면 축복받은 세대라는 생각도 든다.

● 버찌, 오디 따먹기

소만(小滿)은 24절기 가운데 여덟 번째 절기로 5월 21일 전후에 든다. 이때는 햇빛이 풍부하고 만물이 무럭무럭 생장하여 울창해져 간다는 의미로 소만이라고 한다. 즉 소만이 되면 새봄에 핀 꽃들이 열매를 맺어 탐스럽게 익어가는 시기로 시골 아이들에게도 먹을거리가 풍성해져서 신이 나기 시작한다. 마을 뒷산은 아이들의 놀이터가 된다. 벚나무 열매인 버찌와 산딸기, 오디 등 온갖 야생 열매들이 무르익으면서 이들 열매를 따 먹기 위해서 아이들은 누구 할 것 없이 모두 산기슭으로 올라갔다.

벚나무 열매인 버찌는 개 버찌와 참 버찌가 있다. 개 버찌는 맛이 쓰고 참 버찌는 맛이 무척 달다. 그간의 경험을 통해 어떤 나무가 참벚나무인지를 알고 있었기 때문에 어렵지 않게 참벚나무에 올라가서 열매를 따서 먹었다. 이 나무, 저 나무로 옮겨 다니며 버찌 열매를 실컷 따서 먹다 보면 어느새 입 언저리가 시커멓게 물이 들었다.

버찌는 항균 성분을 함유하여 충치 예방과 치석이 쌓이는 것을 예방해 줄 뿐 아니라, 아토피, 습진 등 피부 알레르기를 진정시키는 효능이 있다고 한다. 먹을 것이 없어서 따 먹었던 버찌 열매가 이처럼 치아 건강에 유익한 건강식품이었다니 정말 다행한 일이다.

버찌 열매가 다 지고 나면, 오디 열매가 익기 시작한다. 오디는 6월 중순 전후해서 익기 시작하며 이때부터 맛 좋은 오디를 따서 먹을 수가 있다. 오디는 열매 크기도 그리 작지 않으면서 맛도 다른 과일에 비해 무척 달다. 집집이 누에를 키웠기 때문에, 산기슭 등지에 뽕나무가 지천으로 널려 있어 오디를 따먹는 일은 그리 어렵지 않았다. 여기저기 뽕나무를 찾아다니며 오디를 따 먹다 보면 시간 가는 줄도 잊어버리고 만다.

한편, 오디는 영양소가 매우 풍부한 열매로 당뇨병이나 고혈압 등 성인병 예방에 도움이 되는 성분이 많이 들어 있다. 철분은 복분자보다 9배나 많으며, 항산화 안토시아닌은 포도의 23배, 유해산소를 제거하는 항산화 물질이 토코페롤의 7배나 들어 있고, 기침, 천식 등 기관지의 면역기능과 노화 억제를 돕는 성분도 다량 함유된 최고의 천연 열매라고 한다.

이처럼 다양한 영양소가 듬뿍 함유된 성분을 먹은 누에는 귀한 비단을 뽑아낸다. 1960~70년대에 정부는 외화 획득을 위해 전국 농촌에 누에 기르기(양잠)를 독려하면서 어린누에를 직접 전국의 농가에 공급해 주었다. 이렇게 받은 어린누에가 뽕잎을 먹고 자라서 실을 뽑아 집(고치)을 짓고 번데기가 되기까지 약 25일 정도 소요되며, 이 동안에 누에는 엄청난 양의 뽕잎을 먹는다.

먼저, 알에서 부화한 누에는 집을 짓기 전까지 몇 번의 잠을 자는데 알에서 갓 부화한 누에를 1령 누에라고 부른다. 이 어린누에는 자라는 동안에 3~4일이 지날 때마다 뽕을 먹지 않고 하루 정도 허물을 벗으면서 잠을 잔다. 이렇게 네 번을 반복하면서 잠을 자고 나면 5령 누에가 되어 마지막으로 4~5일간 많은 뽕잎을 먹어 치운다. 이후 뽕잎 먹기를 끝낸 누에를 익은누에라고 부르며, 이때부터 대략 5일간 0.5g의 실(1,000~1,500m의 길이)을 뽑아내 고치를 만들어 그 속에서 번데기로 변신한다.

이렇게 변신한 누에고치를 잘 손질한 다음에 농촌지도소에 수매하는 것으로 누에치기 과정은 종료된다. 1970년대 농촌에서는 누에치기와 엽연초(담배)를 재배하는 농가가 그나마 목돈을 손에 쥘 수가 있었다.

• 한여름의 물놀이

여름철은 아이들에게는 더할 나위 없이 신나는 계절이다. 더위에도 아랑곳하지 않고 허름한 반바지만 입고 웃통은 훌러덩 벌거벗은 채 돌아다녔다. 뙤약볕 아래에서 뛰어놀다 보면 모두가 얼굴뿐 아니라 몸뚱어리 전체가 아프리카 우간다의 아이들처럼 시커멓게 탔다. 무더운 날에는 마을 앞 냇가에 나가 물놀이하다 보면 더위는 남쪽 나라 이야기가 된다.

멀리 마을 앞을 가로질러 금강으로 흐르는 이 하천은 수심이 깊은 데도 더러 있지만 대부분이 그리 깊지 않아서 아이들이 물놀이하기에 안성맞춤이었다. 한여름 무더위가 기승을 부리기 시작하는 오후가 되면 아이들은 으레 하천으로 모여들기 시작했다. 모여든 아이들은 서로 뒤엉켜 물장구를 치며 신나게 놀았다. 개구쟁이로 소문난 몇몇은 장난이 심해서 나이 어린 동생들을 잡아다 물속에 집어넣은 일도 있었다. 이렇게 물속에 잠겼다가 원치 않게 물을 마시게 되는 일도 생겼고, 가끔은 기절 직전까지 가는 아이들도 있었다. 위험천만한 물놀이를 하고 있는데도 크게 나무라거나 혼내는 어른들은 거의 없었다. 지금의 모습으로 보면 상상할 수도 없는 엄청 위험한 일이었는데도 말이다.

1960년대까지 태어난 베이비붐 세대(1958년~1963년 출생)는 집집이 자식들이 5~6명씩은 보통이었다. 자식들을 너무 많이 낳아 놓고 양육하느라 어깨가 무거웠던 부모들은 자녀의 안전까지 세세하게 신경 쓰기에는 역부족이었던 탓이었을까, 자녀들을 그저 방임 상태로 키웠던 것 같다. 그래서 그런지는 모르겠으나 여름철을 날 때마다 아이들이 하천에서 물놀이하다가 익사 사고를 당했다는 소식을 듣는 것은 연례행사처럼 전혀 생소한 뉴스가 아니었다. 아무튼 아이들은 입술이 푸르스름할 때까지 실컷 물놀이를 즐기다가 해가 기울어지는 어스름한 저녁 무렵에야 집으로 돌아왔다.

• 그리운 아이스케키의 추억

요즘 아이들이 간식으로 즐겨 먹는 피자, 통닭, 떡볶이 등의 인기 먹거리는 1960~70년대에는 구경조차 할 수 없었던 음식들이다. 이 당시는 이렇다 할 군것질감이 없을 뿐 아니라, 사 먹을 수 있는 용돈을 가지고 있는 아이들도 거의 없던 그런 시절이었다. 군것질감이라고 해 봐야 봄이 되면 야생의 열매를 따 먹고 찔레순을 꺾어 먹는 정도가 고작이었다.

그러다가 여름이 다가오고 무더위가 기승을 부릴 무렵이면 산골 동네에서는 새로운 풍경이 나타났다. 아이스께끼 장수가 등장해서 온 동네 아이들의 이목을 집중하게 했다. 이때 아이스케키를 팔러 다니는 사람은 낯선 이들이기보다는 근동에서 살아가는 낯익은 청년들이 많았다. 당시에 읍내에는 아이스케키를 만드는 얼음 공장이 있었는데 여기에서 누구나 아이스케키를 가져다가 팔 수가 있었다.

이들은 아이스케키를 나무로 만든 네모난 통에 가득 넣어서 가져다가 동네를 돌아다니면서 팔았다. 푸른색 아이스께끼 통을 어깨에 둘러메고 "아~이스케키~!", "아~이스케키~!"라고 구성진 목소리루 크게 외치면서 마을 구석구석을 누볐다. 그러면 동네의 조무래기 아이들은 떼로 몰려 따라다니면서 군침을 삼켰다. 아이스케키를 사 먹고 싶어도 아이들 주머니에 돈이 없었기 때문이었다. 돈 대신에 가끔 감자, 마늘 등을 갖다주면 아이스케키와 바꿔 주기도 했다. 나 역시 어른들 모르게 이렇게 해서 아이스케키를 하나 입에 물게 되었고, 그 달콤한 맛을 맛보면서 큰 행복을 느꼈던 것 같다.

시골에서 유일하게 맛볼 수 있었던 아이스케키는 사카린을 녹인 단물에 색소를 첨가해 얼려서 만든 빙과류로 시원하고 단맛이 일품이다. 여름철 시골 아이들에게는 군침을 돌게 했던 짜릿한 추억이 담긴 여름철 최고의 먹거리였다.

이제 아이스케키 장수를 다시 만날 수도 없고, 그 구성진 아이스케키 파는 소리를 들을 수도 없다. 아이스케키 장수를 뒤따라가던 아이들의 모습도 다시는 볼 수 없게 되었다. 그 달콤했던 아이스케키의 추억은 세월이 한참 흐른 지금도 뇌리를 맴돌고 있다. 아이스케키 한 조각 입에 넣으면 세상을 다 얻은 것처럼 행복했던 그런 어린 시절이 다시 올 수 있을까.

• 가을걷이와 일손 돕기

무더운 여름의 끝자락에서 가을이 다가오고 있음을 알아차릴 수 있는 징표가 고추잠자리의 출현이다. 저물 무렵 서늘한 기운이 감돌기 시작하면 고추잠자리가 가을의 전령이 되어 공중을 맴도는 모습이 포착된다.

이렇게 가을이 다가오면 금세 겨울이 닥쳐오기 때문에 농촌에서는 가을걷이를 서둘러야 한다. 특히 미원, 낭성 쪽은 고랭지라 청주보다 겨울이 일찍 찾아온다. 벼도 주로 조생종을 심었기 때문에 벼 베기가 다른 지역보다 빨리 시작되었다. 벼 베기를 할 때는 일손이 부족해서 아이들 일손까지 온 가족이 동원되었다. 아이들은 벼를 직접 베지는 않더라도 벼 베기 하는 어른들의 새참을 가져오거나 볏단을 나르는 등의 잔심부름을 했다.

지금처럼 논에서 직접 벼를 탈곡하는 콤바인과 같은 농기계

가 없었던 시절이었기 때문에 벼를 낫으로 일일이 베어 묶은 다음에 그 볏단을 가지런히 세워서 며칠을 햇볕에 말렸다. 볏단이 바짝 마르면 볏단을 집으로 실어 날라 차곡차곡 쌓아 낟가리를 만들고 이어서 벼 타작이 시작되었다. 벼 수확은 이처럼 몇 단계를 거치면서 이루어지는 복잡하고 다단한 과정이었다.

이렇게 벼 수확을 끝내고 나면 콩, 팥, 수수 등의 곡물 타작이 이어지고, 마지막으로 보리갈이 작업이 끝나면 가을걷이는 대부분 마무리가 되었다. 농촌의 일 년 시간표는 눈코 뜰 새 없이 바쁜 분주한 일정의 연속이었다.

• 초가지붕 이엉 얹기의 진풍경

1970년대의 시골 마을에서 일 년의 맨 마지막에 해야 할 일이 새 볏짚으로 엮은 이엉을 지붕에 얹는 일이다. 1971년부터 시작된 새마을 운동이 전개되기까지는 농촌 주택이 일부의 부잣집만 기와집이었을 뿐, 나머지는 전부가 초가집이었다.

따라서 가을걷이가 끝나자마자 초가집에서는 이엉을 새로 엮어 초가지붕을 다시 덮어줘야 한다. 이엉을 새로 덮지 않으면, 이듬해 장마철에 비가 많이 내리는 날에는 지붕에서 빗물이 방 안으로 새어들 수도 있게 되기 때문이다. 그래서 가을걷이가 끝난 농촌의 시골 마을에서는 볏짚으로 이엉을 엮어서 초가지붕 위에 이엉을 올리던 풍경은 그야말로 시골에서 흔히 볼 수 있는 진풍경이었다.

이엉을 얹기 위해서는 먼저 가장 먼저 볏짚으로 이엉을 엮어내야 한다. 볏짚을 한 움큼씩 추려서 엮어 나간 후에, 그 이엉을 지붕 위로 올려서 처마 쪽부터 층층이 가지런히 덮어 나간다. 이엉을 얹는 작업은 지붕 꼭대기 용마루에 볏짚으로 엮은 용마름을 덮고 지붕이 바람에 날아가지 않도록 굵은 새끼줄로 격자 모양으로 촘촘하게 묶고 나면 이엉 얹기 작업은 마무리가 된다. 이렇게 이엉을 얹는 작업은 꼬박 하루가 걸렸다. 이엉 얹기가 끝나면 농촌의 한 해 농사 일정은 모두 종료되었다.

늦은 가을에 집집이 어른들이 마당에서 이엉을 엮어가는 모습과 지붕 위에 올라가 이엉을 얹는 장면들은 아직도 눈에 선하다.

06

물에 빠진 동생을 구하다

나는 전문적으로 수영의 기초를 배운 적이 없다. 그렇지만 어릴 적에 무시로 물가에 나가 물놀이하며 놀았던 경험이 있어서 흔히 이야기하는 개헤엄 실력은 능숙하다. 수영에서 말하는 평형, 배영 등의 기본 동작을 정식으로 배울 기회는 없었지만, 혹시 물에 빠져 위기에 처하더라도 스스로 헤엄쳐 나올 정도의 수영 실력은 갖추고 있다. 무더운 여름날이면 동네 아이들과 함께 마을 인근의 저수지나 냇가에 나가 물장구를 치며 놀았기 때문에 수영을 자연스럽게 배울 수가 있었다.

1976년 무더위가 기승을 부리던 어느 여름날, 둘째 동생을 데리고 동네 아이들과 함께 동네 앞을 흐르는 하천으로 물놀이를 갔다. 내가 중학교 2학년 때, 동생은 초등학교 3학년 때의 일이다. 그날은 어린 동생을 깊은 물에 데리고 갔기 때문에 평소와는 다르게 책임감이 작동하여 동생이 물놀이하는 모습을 수시로 살피고 있었다. 물놀이가 시작되고 얼마간의 시간이 흘렀을까, 자맥질하며 놀던 동생이 갑자기 시야에서 사라졌다. 깜짝 놀란 나는 물장구치는 아이들 속에 동생 여부를 거듭해서 살폈지만 찾지를 못했다. 얼마 후에 물 위에 움직임이 없이 가만히 떠 있는 동생의 모습이 나타났다. 물에 빠져 실신한 상태였다. 나는 물 위에 가만히 떠 있는 동생을 헤엄을 쳐서 손목을 잡아끌고 물 밖으로 끌고 나와 평지에 눕혀 놓았다. 동생은 숨을 멈춘 상태였다. 그때 마침 근처의 밭에서 일하고 있던 아저씨가 달려와서 응급조치를 취했다. 그 사이에 아버지한테도 위급한 상황을 알렸다. 부모님이 달려오는 사이에 동생은 물을 토해내면서 숨을 쉬기 시작했다. 참으로 다행스러운 일이었다. 동생이 물속에서 조금만 더 시간을 지체했더라면 정말로 큰일이 벌어질 수 있었던 상황이었다. 급히 달려온 아버지는 동생이 호흡하는 모습을 확인하고 크게 안도하면서 동생을 품에 안고 집으로 돌아왔다. 천우신조의 행운이 깃든 날이었다.

물에 빠졌다가 극적으로 생명을 구한 셋째 동생은 청주교육대학을 졸업하고 훌륭한 초등학교 교사가 되었고, 충청북도교육청 장학관을 거쳐 현재는 일선 초등학교의 학교장으로 열과 성을 다해 2세 교육을 위해 열심히 일하고 있다.

07

조부님의 독경 소리

조부님은 평생을 강직함과 청빈함, 선비적인 성품을 유지하면서 살아가신 분이다. 새 옷을 사 입으려거나, 변변한 가재도구 하나 마련하려고 전전긍긍하지도 않았으며, 어려운 삶을 살아가면서도 현실을 있는 그대로 인정하고 평온한 마음 자세로 살아갔다. 다만 어려운 집안 형편을 마냥 지켜볼 수는 없는 일이었기 때문에 일손이 바쁜 농번기에는 당신 몸에 익숙하지 않은 농사일에도 소홀함이 없었다.

그렇더라도 조부님은 비가 내리는 날이나 잠깐의 빈 시간이라도 틈이 나면 손에서 책을 놓지 않았다. 독서 습관이 몸에 밴 조부님은 책을 방바닥에 가지런히 펴 놓고 가부좌의 자세로 조용히 책을 읽기도 하고, 때로는 두 손을 모으고 몸을 움직이면서 경서를 소리 내어 낭독하는 방식으로 경서를 읽어갔다. 즉 책을 보면서 일정한 목소리로 한 줄씩 읽어가는 방식이 아니라, 눈을 지그시 감고 몸을 좌우로 흔들면서 운율감을 살려 낭송하는 방식으로 책을 읽었다. 이 같은 방식으로 조부님이 고서의 내용을 줄줄이 암송하며 발산하는 독경(讀經) 소리는 집 앞을 지나가는 사람들도 들을 수 있을 정도로 밖에까지 크게 들렸다. 조부님의 독경 소리는 산사에서 울려 퍼지는 스님의 독송(讀誦)처럼 고즈넉한 시골 마을에 청아하게 울려 퍼졌다.

어린 시절에 사랑방에서 들려오는 조부님의 독경 소리를 듣는 것은 매우 익숙한 일이었다. 그 당시는 조부님의 독경 소리가 무슨 뜻인지, 그리고 왜 소리를 내면서 책을 읽어야 하는지를 잘 알지는 못하였지만 어쨌든 조부님은 독경을 통해서 선비적 삶을 지키려 했고 삶의 무료함도 달래려고 했던 것 같다.

나는 종종 독경 중인 조부님의 사랑방에 들어가 방바닥에 펴 놓은 고서를 호기심 있게 펼쳐보기도 하고, 천자문의 하늘 천(天), 땅 지(地), 검을 현(玄), 누를 황(黃)… 의 글자를 순서대로 소리 내어 주절거려 보기도 했다. 또 궁금한 한자가 있으면 조부님께 여쭈어보면서 눈으로 새겨 보고 때로는 도화지 위에 실제로 써 보기도 했다.

서당 개 삼 년이면 풍월을 읊는다고 한다. 수불석권(手不釋卷)하는 조부님의 독서 습관을 보아오면서 나도 시나브로 한자에 흥미를 갖게 되었고, 점차 한자 공부에 더 많은 관심과 노력을 기울이게 되었다. 이처럼 독서 습관이 몸에 밴 조부님 슬하에서 어린 시절을 보낸 것은 큰 행운이었다. 훗날 내가 진로를 결정하고 사범대학에 진학하여 국어교육을 전공하고 국어 교사의 길을 걸어가게 되는 초석을 놓는 계기가 되었다고 생각되기 때문이다.

08

나의 영원한 스승

개인이 태어나고 자란 가정환경이 자아 형성에 가장 크게 영향을 미친다. 각자의 성장 과정에서 누구를 만나고 또 어떤 환경에서 성장하였는지가 개인의 가치관이나 인생관 형성을 좌우하기 때문이다. 특히 성장기에 훌륭한 가르침을 받을 만한 누군가를 만날 수 있다면 그 자체로 삶의 큰 행운이다.

나는 아버지가 3대 독자이다 보니 평소에 집을 찾아오는 가까운 친척은 거의 없었고 귀한 손님이라고 해봐야 외할머니 정도가 전부였다. 어렸던 나는 설이나 추석 같은 명절에 고모나 삼촌 같은 친척들이 선물꾸러미를 들고 찾아와 용돈도 받을 수 있었던 또래 친구들을 부러워하기도 했다. 믿기지 않을 수도 있겠지만 실제로 나는 어렸을 적부터 대학을 졸업할 때까지 누구로부터도 용돈 한 푼 받아본 적이 없었다. 이러한 환경에서 내 삶의 나침반이 되고 길잡이가 되어 준 분이 조부님이었다.

그 당시 마을 사람들은 조부님을 학자 선생님이라고 불렀다. 1960년대는 6.25 전쟁의 폐허를 딛고 모두가 허리띠를 졸라매고 새롭게 출발하던 힘들고 가난했던 시절이었다. 또 학교 문턱을 넘지 못해 문맹의 신세로 살아가는 사람들이 대다수였으며 우리 마을 사람들도 크게 다르지 않았다. 이름 석 자조차 쓸 줄 모르는 까막눈에서 벗어나고 싶은 사람들이 농번기가 지나고 농한기에 접어들면 못 배운 한을 풀어보겠다는 일념으로 우리 집 사랑방으로 삼삼오오 모여들었다. 이들은 사랑방에 둘러앉아 조부님으로부터 밤이 늦도록 한학 강의를 들었다. 나는 어린 나이였음에도 사랑방에 살며시 들어가 어른들 틈에 끼어 앉아 조부님이 가르치는 이야기 섞인 서당식 강의를 엿듣곤 했다.

일화를 소개하자면, 이웃 마을 친구네 집에 놀러 가거나 할 때 어떤 낯선 분들이 나를 보고 아버지가 누구냐고 묻는 일이 가끔 있다. 이때 내가 대답하기도 전에 함께 있던 분들 가운데 종종 나를 학자 선생님의 손자라고 대신 소개해 주었다. 이를 통해 조부님에 대한 신망이나 인지도가 인근 마을에도 잘 알려져 있다는 사실을 알게 되었다. 그리고 조부님이 마을 사람들로부터 좋은 평판을 받으며 살아오고 있다는 생각에 조부님의 손자로서 자긍심을 느끼지 않을 수 없었다.

평소에 조부님은 생활 속에서 실천해야 할 예의범절을 그때그때 상세히 일러 주었다. 예컨대 손님이 찾아왔을 때 갖춰야 할 태도와 남의 집을 방문할 때 취해야 할 예법, 또는 길을 가다 어른들을 만났을 때 취해야 할 인사법 등등, 어른 앞에서 어떤 태도를 갖추어야 하는지를 조목조목 가르쳐 주었다.

한편, 마을 사람들도 조부님에게 도움을 요청하는 일이 잦았다. 택일이나 작명 등 집안의 중요한 일이 생길 때마다 우리 집으로 찾아와서 조부님의 도움을 청했다. 손주가 태어난 뒤에는 이름을 짓기 위해 찾아오기도 하고, 혹은 자녀의 결혼 날짜를 잡으러 찾아오는 일도 있었다. 하물며 메주를 쑤거나 장을 담글 때 길일을 잡아달라고 요청하는 일도 있었다. 이렇게 도움을 받은 마을 사람들은 고마움에 대한 답례로 막걸리를 가져오기도 하고, 혹은 담배를 선물로 가져오는 사람들도 있었다. 이처럼 조부님은 손주들은 물론이고 마을 사람들에게도 도움과 조언을 아끼지 않았다.

이처럼, 조부님은 손주들에게는 올바른 사람으로 살아가기 위해서 실천해야 할 도리와 삶의 길잡이가 되는 지혜를 심어 준 정신적 스승이었다.

이제 시간이 흘러 어렸던 육 남매가 모두 어른이 되어 서로 가정을 꾸리고 오순도순 화목하게 살아가고 있다. 나도 이순(耳順)의 나이를 넘어서 얼마만큼 삶을 살아왔다. 주변을 돌아보면 형제간에 이유를 막론하고 서로 화합하지 못하고 반목하면서 살아가는 사람들이 비일비재하다. 부모님으로부터 땅 한 뙈기 물려받지는 못했지만, 서로 형제간의 정을 나누면서 우애 있게 잘 지내면서 살아가고 있음은 조부님의 훈육 덕분이다.

생전에 조부님은,

"형제간에 어떤 일이 있어도 우애 있게 잘 지내야 한다."

는 유지를 받들기 위해 가슴에 깊이 새기면서 살고 있다.

조부님이 하신 주옥같은 말씀과 올곧은 정신적 유산은 시간이 아무리 흘러도 꺼지지 않고 삶을 밝혀주는 등불이 되고 있다. 진실로 조부의 가르침은 억만금의 재산을 물려받은 것보다 훨씬 더 소중한 가치를 지닌 빛나는 유산이며, 최고의 값진 선물이다. 즉 조부님으로부터 물려받은 소중한 정신적 유산이 있었기 때문에 우리 육 남매가 존재하는 것이라고 굳게 믿고 있다.

09

생활 속에서 터득한 지혜

• 평생토록 일만 하며 살아온 아버지

아버지는 이른 새벽부터 저물녘까지 부지런히 일만 했다. 농사철에는 이른 새벽부터 논밭에 나가 종일토록 바쁘게 몸을 움직였다. 그러나 원체 소작농이었기 때문에 온종일 콩밭을 매고 정성들여 북을 준들 집안 형편은 전혀 나아지지 않았다. 가을걷이가 끝나면 수확한 쌀의 절반을 임대료 명목으로 지주에게 바쳐야 했으니 집안 형편이 개선될 가망이 없었다. 아버지가 일 년 내내 힘들여 농사지은 쌀의 절반을 땅주인에게 가져다주는 현실에 속이 무척 상했다.

낳은 자식들은 많고 양식은 모자라기 때문에 어쩔 수 없이 아버지는 푼돈이라도 벌기 위해 품을 파는 일이 잦았다. 아버지는 쟁기질을 잘해서 농번기가 되면 이웃들로부터 밭을 갈아 달라는 요청이 잦았다. 1970년대 시골의 하루 품삯이 대략 이삼천 원 정도였던 것으로 알고 있다. 아버지가 소를 몰고 가서 하루 쟁기질을 해 주면 두 사람 몫의 일당을 받아왔는데 결코 적은 돈은 아니었다. 현금이라고는 한 푼도 나올 곳이 없는 현실에서 온종일 품을 팔아 몇 푼씩 벌어오는 돈은 집안 형편을 지켜내는 파수꾼 같은 역할을 했다.

아버지가 내내 고생하면서 열심히 일만 하며 살아가는데도 왜 가난한 생활 형편이 조금도 개선되지 않을까? 라는 질문을 수없이 했다. 그러면서 장차 나는 반드시 경제적 자립을 이루어 사람답게 살겠다는 다짐을 하곤 했다.

한평생 땅을 일구며 외길 소작농의 삶을 살아온 아버지의 거친 삶을 생각하며 한 편의 시를 썼다.

아버지

한 발 남짓했던 뒷동산의 잣나무는
어느새
마을의 수호신처럼 우뚝 서 있는데
흙을 자리 삼아 살아온 당신

그 신산(辛酸)의 세월 속에
손마디가 굳어져 화석이 되었습니다
이웃집 하나, 둘씩
슬래브 집이 더 좋다면서
초가집을 버리고
야반도주하듯
도시로 떠나가던 어느 해
운명이듯 소를 몰고 가야 한다고
당찬 목소리로 손사래를 저었지요
억새 풀, 찔레 넝쿨 우거진
작은 고두미* 비탈진 오솔길을
쟁기 지고 소 앞세워
시곗바늘처럼 오고 갔지요
그 길을 따라 걷다 보면
당신이 오가며 흘린 짜디짠 땀방울이
질경이와 쑥 풀로 자라나서
나직이 속삭입니다
살아가는 행복은 마음속에 있다고요
눈 내리는 겨울밤에는
사과 대신 생고구마를 깎으며
육 남매가 수숫대 커가듯이
올곧게 자라나라 동심(童心)을 어르셨지요
새벽 기운이 창호지 문을 두드리면

청솔연기와 쇠죽 냄새의 합주(合奏) 속에
아침을 시작하고
종일토록 등골에 하얀 소금꽃 피운 뒤에
어스름 땅거미와 함께 하루를 갈무리했지요
산기슭에 기대어 흐르는
실개천은 오늘도 낯설지 않은데
뿌린 만큼 거둔다는 노동의 진리
등에 지고
밭두렁 길 뚜벅뚜벅 걸어온 당신
지금 당신의 머리에는 억새꽃이
활짝 피어났어요
어찌 보면
무거웠던 삶의 뒤안길이
억울하고 아픈 삶이었지만
질화로의 따스한 온기처럼
육 남매의 뛰는 심장과 붉은 혈액 속에
뜨겁게, 뜨겁게
세월처럼 흐르고 있습니다

* 충북 청주시 상당구 낭성면 귀래길 마을

이 시는 가족을 위해 평생 일만 하며 고생하던 아버지를 생각하며 쓴 자작시다. 자나 깨나 일만 하면서도 가난의 굴레에서 벗어나지 못했던 아버지의 안쓰러운 모습을 지켜보면서 나는 일찍 철이 들어갔다.

• 아버지의 선물

우리나라의 부모들은 자식의 교육을 위해서라면 모든 목숨이라도 내놓을 정도로 교육열이 뜨겁다. 유명한 학원을 수소문해서 찾아가고, 자녀의 조기 유학을 위해 기러기 아빠도 기꺼이 감수한다. 평일에도 자녀들과 함께 체험학습을 떠나고, 방학 때는 자녀를 데리고 해외여행을 다녀온다. 부모들은 자녀들이 원하는 일이면 무엇이든지 챙겨주려고 노력한다.

그렇지만 나는 성장 과정에서 부모님으로부터 삶을 위한 조언이나 훈육의 말씀 한마디도 들어본 적이 없다. 또 부모님과 함께 유명지를 돌아보거나, 가족이 함께 외식해 본 적도 없다. 딱 한 가지 기억되는 것은 국민학교 4학년 무렵에 5일 장날, 장(場)을 보러 가는 아버지를 따라갔다가 짜장면을 한 그릇 사주셔서 먹었던 적이 있다. 아버지는 어린 아들이 장날 아버지를 따라온 것에 가슴에 찡했던지 짜장면 일인 분을 주문해서 나만 먹였다. 철이 없던 어린 시절이라 아무 생각 없이 혼자서 맛있게 먹었던 것 같다. 그때 먹어본 짜장면이 나의 처음이자 마지막 외식으로 기억되고 있다. 어떻게 보면 아픈 추억이기도

하다. 그렇더라도 그 한 그릇의 짜장면에 담긴 아버지의 하늘 같은 자식 사랑의 마음은 시간이 흘러가도 잊을 수가 없다.

부모님은 평생을 살아가면서 외출이나 외식을 할 만한 삶의 여유를 갖지 못했기 때문에 6남매 모두 마을을 벗어나 새로운 체험의 시간을 갖는 일은 애당초 불가능한 일이었다. 아버지는 단지 날이 밝으면 논밭에 나가 묵묵히 농사일에만 선념하는 삶을 살아왔을 뿐이다. 어머니 역시 대식구를 위해 종일토록 부엌일과 빨래 등의 집안 살림에만 매달렸다. 가족 외출은 고사하고 외식도 언감생심이었다. 가족의 생계를 위해서 땀 흘리는 부모님의 뒷모습을 바라보면서 삶이라는 것이 주어진 일에 묵묵히 최선을 다하는 것임을 몸으로 배웠다.

• 농번기 일손 돕기

나는 가족을 위해 고생하는 아버지를 위해 일손을 돕지 않을 수가 없었다. 바쁜 모내기 철에는 못자리판에 들어가 모를 쪄서 나르기도 하고 모를 심을 수 있도록 써레로 써려놓은 논에 들어가 직접 모내기도 했다.

요즘은 모내기 과정이 어렵지 않고 비교적 수월한 편이다. 못자리용 볍씨를 모판용 상자에 담아 키워서 이앙기로 손쉽게 모를 낸다. 그러나 1980년대 초반까지만 해도 논에 직접

물을 댄 다음에 못자리판을 만들고 그 위에 볍씨를 직접 뿌려서 모가 어느 정도 자라면 모를 냈다. 자란 모는 모내기를 위해서 손으로 모를 움켜쥐고 일일이 쪄내야 했다. 〈모판에서 자란 모를 손으로 움켜잡고 뽑는 것을 모를 찐다고 하고, 몇 움큼씩 모아서 볏짚으로 꼭 묶어놓은 것을 모춤이라고 한다.〉 모를 다 찌고 나면 모내기를 할 수 있도록 논으로 모춤을 옮겨야 한다. 모내기는 이처럼 몇 단계의 과정을 거쳐서 이루어진다.

초여름 모내기를 끝내고 나면, 곧이어 콩, 팥, 수수, 조 등의 밭곡식을 파종한다. 파종한 곡식들이 자라면서 본격적인 여름철이 시작되는데 곡식들이 자라나는 동안에 밭에는 무성해지는 잡초를 뽑는 작업을 해야 한다. 〈1970년대까지는 논밭의 풀을 죽이는 제초제를 생산하지 못했기 때문에 사람의 손으로 일일이 잡초를 직접 뽑아야 했다〉 나도, 잡초를 뽑는 부모님의 바쁜 일손을 돕기 위해 수시로 밭에 나가 풀을 뽑곤 했다. 뙤약볕이 내리쬐는 한낮에도 더위를 참아가며 밭고랑에 앉아 잡초를 뽑고 있는 풍경은 어디서나 볼 수는 농촌의 흔한 풍경이었다.

시간이 지나, 대서 〈大暑 : 7월 23일에 드는 열두 번째 절기〉 의 무더위가 지나면서 벼 이삭이 패기 시작하면 무더위가 절정에 이르고, 곧 수확의 계절인 가을이 성큼 다가온다.

벼 베기를 시작으로 여타의 곡식들을 수확하고 나면 가을걷이의 맨 마지막은 고구마를 캐기로 수확의 대미를 장식했다.

주식인 쌀이 부족했던 시절이라 고구마는 온 식구가 겨울을 나기 위해서 꼭 필요한 식량자원이기 때문이었다. 늘 식량이 부족했던 우리 집은 온 식구들이 겨울을 나기 위해서 고구마가 중요한 대체 식량이 되었다. 온 식구들의 겨울철 점심 끼니는 매일 밥 대신 고구마로 대신했고 가끔은 저녁까지도 밥 대신 고구마로 대신했다.

고구마는 가족 모두에게 없어서는 안 되는 생명줄 같은 소중한 주식 아닌 주식이었기 때문에 고구마를 캘 때는 온 식구들이 만사 제쳐두고 고구마 캐는 일에 동참했다. 고구마는 캐는 작업도 만만치 않은 일이지만, 그 무게 때문에 집으로 운반하는 과정은 정말 보통 일이 아니었다. 이렇게 많은 수고의 과정을 거쳐 고구마 수확이 끝나면 곧 찬 바람이 불고 서리가 내리면서 일 년 농사도 갈무리되었다.

농사일을 돕는 번거로움은 농번기 내내 계속되었으나 밤낮으로 고생하는 아버지의 일손을 덜어드려야 한다는 마음이 앞섰기 때문에 기꺼이 농사일을 도왔던 것 같다. 아버지의 힘든 일손을 도와 땀 흘리며 열심히 일손 돕기를 한 덕분에 근력이 강해지고 체력도 더 튼튼해져 갔다. 그리고 일을 통해서 노동과 땀의 소중한 가치도 스스로 터득하는 계기가 되었다고 생각된다.

• 동생들 돌보고, 샘물 길어오기

나는 청소년기 내내 아버지의 농번기 일손뿐 아니라, 어머니의 부족한 집안 일손까지 열심히 도와드렸다. 밥하랴, 빨래하랴, 바느질까지 집안 살림을 꾸려가느라 눈코 뜰 새 없이 바쁜 어머니를 대신해서 어린 동생들을 돌보는 일은 내가 해야 할 몫이었다. 동생과는 세 살 터울, 둘째 동생과는 다섯 살 차다. 셋째 동생과는 여덟 살의 차이가 나고 여동생과는 열한 살 차다. 그리고 막내와는 무려 열다섯 살 차이가 난다. 그러니 맏이로서 줄줄이 어린 동생들을 돌봐 줄 수밖에 없는 처지에 놓였다.

어릴 때는 누구나 또래 친구들과 어울려 놀고 싶은 마음이 간절하다. 이렇게 놀고 싶은 마음에 또래들과 신나게 놀고 있으면 어머니는 어떻게 알고 금세 찾아와서 나를 집으로 데리고 갔다. 기분이 유쾌하지 않았으나 어머니의 처지를 생각하면 마냥 놀 수만은 없다는 생각이 들어 동생들을 돌봐야 한다는 생각으로 집으로 갔다.

어머니를 위한 일손 돕기 중에 빼놓을 수 없는 게 하나 더 있다. 우리 집은 마을 중심에서 좀 떨어진 산자락에 자리 잡은 외딴집이었다. 〈1970년대까지는 어느 마을이나 마을 한가운데 조성한 공동 우물을 함께 사용하고 있었다.〉 집 안에 먹는 샘물이 없었기 때문에 늘 멀리 떨어진 곳에서 샘물을 길어와야 했다. 그 샘물을 길어오기 위해 물지게를 지고 길어 나른 이야기다.

1970년대는 농촌 마을에 상수도가 보급되지 않았기 때문에 온 마을 사람들이 공동 우물을 이용하고 있었다. 이 우물은 집에서 백여 미터 떨어진 동네 한가운데 자리 잡고 있었다. 샘물을 날마다 길어오는 불편을 덜기 위해서 집 근처에 우물을 팠으나 물이 나오지 않아서 어쩔 수 없이 물을 길어다가 먹고 있었다. 물을 길어오는 일은 어머니 몫이었지만, 바쁜 몸으로 샘물을 길어오는 일이 여의치가 않았다. 결국 물을 길어올 사람은 장남인 나의 몫으로 돌아왔고, 어머니의 일을 대신해서 물을 길어 나르기 시작했다.

처음에는 물지게를 다루는 요령이 부족해서 집에 오는 동안에 물통에 담긴 물이 출렁출렁하면서 거의 다 쏟아지고 없었다. 물을 길어올 때는 무엇보다 요령이 필요하다. 얼마간의 시행착오를 겪으면서 물 길어오는 요령을 터득하게 되어 샘물을 흘리지 않고 길어올 수 있게 되었다. 물을 길어오는 일이 힘도 들고 때로는 귀찮기도 했지만 바쁜 어머니를 도와드린다는 마음으로 군말 없이 부지런히 물을 길어 날랐다. 이렇게 먹는 샘물을 길어오는 일을 계속하다가 1979년에 농촌 상수도 사업이 시작되고 마을에 수돗물이 보급되면서 물 길어오는 일은 과거의 일이 되었다.

한 가지 덧붙이면, 설거지했던 일도 잊을 수가 없다. 사람마다 자기만의 버릇이 있듯이 어머니는 집안의 가재도구를 가지런히 정리하지 못하는 버릇이 있다. 물건이 여기저기 널브러져 있어도 곧바로 치우지를 않았다. 물건을 정시에 치우지 않는 어머니한테 지저분하다고 잔소리도 하고 불만을 토로했으나 오랫동안 굳어진 생활 습관은 조금도 개선되지 않았다.

일례로, 식사를 끝낸 밥상을 부엌에다 갖다 놓고는 설거지는 항상 뒤로 미룬 채 다른 일을 하는 버릇이 있었다. 가족들을 위해 매일매일 부엌일을 하면서 여러 살림을 챙겨야 하는 어머니의 처지를 이해하면서도 널브러져 있는 부엌을 그냥 놔두고 볼 수가 없었다. 나는 누가 시킨 것도 아닌데 부엌에 들어가서 직접 소매를 걷고 설거지를 시작했다. 남자가 부엌일을 하는 것이 그렇게 환영받지 못하는 시절이었지만 나는 이에 개의치 않고 가벼운 마음으로 설거지를 했던 것 같다. 설거지하고 난 뒤에 가지런히 정돈된 부엌을 바라보면 기분이 무척 좋았다.

• 좋은 습관 형성

어머니가 주변 정리에 별로 신경을 쓰지 않았던 탓에, 나는 정반대로 지저분한 것이 있으면 그때그때 깨끗이 치우는 습관을 갖게 되었다. 사람의 생각이 행동으로 나타나고, 그 행동을 반복하면 습관이 된다. 이렇게 해서 한번 굳어진 습관은 평생을 가고, 결국은 그 사람의 운명이 된다.

나는 어릴 적부터 지저분한 것을 보면 깨끗이 정리 정돈을 해야 기분도 좋아지고 머리도 맑아지는 느낌을 받는다. 그래서 더럽거나 지저분한 곳이 있으면 즉시 비로 쓸고 걸레로 닦는 등의 청소를 한다. 이러한 버릇이 습관으로 굳어져서 중년을 지나 나이 60을 넘어선 지금까지도 수시로 집안 곳곳에 먼지를 쓸고 닦는다. 특히 주말이나 휴일에도 특별히 할 일이 없다 싶으면 집 안을 청소한다. 청소할 때는 화장실 바닥은 물론이고 아파트 창틀 먼지까지도 깨끗이 닦아낸다. 퇴근 후에도 무료하다 싶으면 걸레를 들고 먼지를 닦는 게 몸에 배었다. 그래서인지는 모르겠으나 우리 집을 방문하는 사람들은 '집이 참 깨끗하네요'라는 말을 곧잘 하곤 한다.

집 안이 깨끗하고 집기류가 가지런히 정돈되어 있으면 건강에도 도움이 될 뿐만 아니라, 정신적으로도 편안하고 상쾌한 느낌을 준다. 그리고 정리 정돈이 잘되어 있고 깨끗한 집은 풍수적으로도 복(福)을 가져다준다고 한다. 지금까지 살아오면서 가족들 모두 크고 작은 우환 없이 평온하고 행복한 삶을 살고 있으니, 이 말도 틀린 말은 아닌 것 같다.

10

70년대의 추억 속으로

• 염소 기르기

우리 집은 아주 어릴 적부터 고등학교를 졸업하고 내가 군대를 다녀올 때까지 아주 오랫동안 염소를 길렀는데 그 염소를 기르는 일이 어느 때부터인가 나의 몫이 되었다. 염소는 초식동물로 비탈진 곳을 좋아하며 성질이 매우 급한 습성이 있지만 염소를 키우는 일이 그리 어렵지는 않다. 아침에 풀이 많은 산기슭이나 비탈진 언덕에 내어다 매어두면 제가 알아서 풀을 뜯어 먹는다. 그러다가 해가 지는 저녁 무렵에 염소를 데려다가 우리에 가두면 그만이다.

봄부터 가을까지는 집 주변에 풀이 많아서 염소를 키우는 일이 생각처럼 어려운 일은 아니지만, 겨울을 나기 위해서는 사료를 사서 먹일 수도 없는 처지라 먹이 비축이 큰 문제다. 그래서 찬 가을바람이 불어오기 전에 염소가 겨우내 먹일 먹이를 미리 준비해 두어야 했다. 염소가 좋아하는 콩잎과 옥수수 잎 등을 훑어 말리고, 연한 풀을 베어 건초를 만드는 작업을 서둘러서 해야 했다. 막상 겨울이 되면 염소가 좋아하는 소나무 가지를 잘라다가 우리에 넣어주는 것도 늘 하는 일상이었다. 염소는 생솔가지를 무척 좋아해서 우리에 던져주면 가지의 껍질까지 모조리 갉아 먹는 습성이 있다.

염소는 양(羊)과 생김새나 습성이 아주 비슷하다. 풀을 뜯고 되새김질하는 습성뿐 아니라 순하면서도 겁이 많다는 점도 공통점이다. 염소의 동그란 눈망울을 바라보면 염소가 무척 순하다는 사실을 금방 알 수 있다. 사나운 개가 나타나거나 할 때 몹시 놀라는 걸 보면 유난히 겁이 많다는 것을 금방 알게 된다.

동네 사람들이 우리 집을 염소네 집이라고 부를 정도로 염소를 아주 오랫동안 길러왔다. 그러던 어느 날 내가 군에 입대하고 나서 첫 휴가를 나왔는데 무슨 영문인지 염소가 보이지를 않았다. 어느 날 밤중에 밤손님이 몰래 들어와서 염소 두 마리를 모두 훔쳐 갔다고 했다. 그날 이후로 염소와의 오랜 인연은 마침표를 찍었다.

어린 시절에 가난한 형편 속에서도 어미 염소 두 마리가 해마다 한 번씩 새끼를 낳아 준 덕분에 어려운 집안 살림에 큰 보탬을 주었다. 1970년대 새끼 염소 한 마리당 평균 가격이 2~3만 원 정도였던 것으로 기억한다. 2020년대 새끼 염소 가격이 3~40만 원 선에서 거래되는 가격과 견주어 보면 결코 적은 돈이 아니었다.

참고로, 염소는 임신 기간이 150일로 평균 두 마리씩 새끼를 낳는데 간혹 세 마리를 낳을 때도 있다. 어미 염소가 새끼를 낳은 지 2~3개월 정도 지나면 젖을 떼게 되고 새끼 염소는 누군가에게 팔려 간다.

만나면 정이 들고, 정이 들면 이별이 아프다고 하는데 이는 동물에게도 마찬가지다. 정성스럽게 키우면서 정이 많이 든 새끼 염소가 장사꾼에게 팔려 가는 모습을 보노라면 슬픈 마음을 지울 수가 없었다. 어쨌거나 가난한 집안에서 육 남매가 모두 학교를 졸업할 때까지 염소가 집안의 돈줄 역할을 톡톡히 했음을 부인할 수가 없다.

• 처음 본 전깃불과 생활의 변화

나는 육십여 년의 세월을 살아오면서, 일찍이 경험하지 못했던 격변의 순간들을 몸소 체험할 수 있었던 행운의 세대가 아니었나 라는 생각이 든다. 앨빈 토플러가 그의 저서 「제3의 물결」에서 기술한 이른바 농업혁명을 지칭하는 제1의 물결, 산업혁명을 일컫는 제2의 물결, 그리고 정보화 시대를 의미하는 제3의 물결을 모두 차례로 체험한 유일무이한 세대라고 생각하기 때문이다.

수천 년간 지속돼 온 농업사회가 1960년대에 정부의 경제개발 5개년 계획을 기반으로 국가 발전이 시작되면서 전기의 보급과 함께 산업 사회로 빠르게 변화하였다. 이러한 변화의 기류 속에 90년대에 접어들면서 컴퓨터가 새롭게 개발되면서 산업 사회가 정보화 사회로 빠르게 재편되었다. 이처럼 나는 인류사에 전례가 없는 대변혁이 진행되는 흐름 속에서 살아왔다.

지금은 전기가 없는 세상은 상상조차 할 수가 없다. 그렇지만 이처럼 생활의 엄청난 편리를 제공해주는 전기가 시골 구석구석까지 보급된 것은 불과 50여 년 전인 1970년대 초·중반의 일이다. 그전까지는 도시를 제외하고는 시골의 모든 마을이 밤이 되면 등잔불을 켜고 원시적인 생활을 해야 했다. 밥을 짓거나 국을 끓일 때도 아궁이에 나무로 불을 지펴서 했고, 겨울철 난방을 위해서도 아궁이에 장작불을 지펴서 했다. 이 같은 원시적인 생활방식은 아주 먼 옛날부터 수천 년간 전해져 내려온 농업사회의 전형적인 생활문화로 볼 수 있다. 전기가 보급되기 이전의 일상적인 생활문화는 수백 년 전인 조선시대의 생활 모습과 별반 차이가 없었을 것이다.

전깃불이 아닌 등잔불 조명은 정말 어둡다. 가끔 제삿날을 맞아 등잔불 대신 촛불을 켜는 날에는 촛불이 훨씬 환하다는 것을 알 수 있었다. 실제로 어두운 밤에 방 안에 전등을 끄고 촛불을 켜 보자. 너무 어둡고 불편하다는 것을 금방 실감한다.

그러나 그 당시에는 글씨를 알아볼 수조차 없을 정도로 불빛이 흐린 호롱불 옆에서 밀린 숙제를 하고 공부도 했다. 그러다가 누군가가 방문을 급하게 열기라도 하면 바람결에 쉽게 꺼져버리기 일쑤였다.

이렇게 불편한 생활을 해오다가 정부의 산업화 정책이 진행되던 1972년, 국민학교 4학년 여름에 우리 마을에도 마침내 전기가 들어왔다. 전기가 들어온 첫날은 신기함 그 자체였다. 흐릿한 등잔불 아래에서 살아오다가 마침내 불을 밝힌 백열전구의 불빛으로 어두운 방 안이 대낮처럼 환해졌다. 그 순간 온 가족이 '와아~' 하면서 탄성을 질렀다.

이렇게 전기가 들어오고, 전깃불을 켜면서 며칠이 지났다. 아버지는 전기요금을 한 푼이라도 아껴보겠다는 요량으로 안방과 사랑방 사이의 벽을 뚫고, 그 벽 사이에 전등을 다시 달았다. 전기가 들어오자마자 마을에서는 전기요금을 한 푼이라도 절약해 보겠다고 집집이 유행처럼 벽을 뚫는 일이 벌어졌기 때문이다. 우리 집은 벽을 뚫는 것에서 한 단계 더 나아가 끼워져 있던 60와트짜리 백열전구를 5촉짜리 콩알만 한 전구로 교체했다. 삶 속에서 아끼는 생활이 체화된 부모님이 절약정신을 실행하는 것을 다시 한 번 눈으로 보고 배우는 기회가 되었다.

어찌했든 간에, 이렇게 마을에 전기가 보급됨으로써 긴 세월 동안 전통적 생활문화를 지속해온 농촌사회는 빠른 시대적 변화의 소용돌이를 맞이하게 되었다.

- 온 마을이 텔레비전에 열광하다.

산업의 꽃이라고 부르는 전기가 보급됨으로써 우리의 생활방식은 밑바닥부터 모든 게 달라졌다. 가장 먼저 텔레비전과 냉장고 등 가전제품이 보급되기 시작했고, 그중에서 집집이 구입하는 가전제품 제1호는 텔레비전이었다. 아이들이 텔레비전을 사달라고 조르는 통에 부모들은 돈을 빌려서라도 서둘러 텔레비전을 사들였다.

텔레비전은 형편이 좀 나은 집에서 가장 먼저 들여놓았는데 텔레비전을 들였다는 소문이 온 마을에 퍼졌고, 자기네 집에서 텔레비전을 들인 것도 아닌데 동네 아이들은 덩달아 신나 했다. 이제부터는 텔레비전에서 나오는 영상을 직접 볼 수 있게 되었기 때문이다. 아이들이 신나 해 하는 것은 당연한 일일 수도 있겠으나 어른들도 신나 해 하는 것은 아이들 못지않았다. 전기가 보급되기 전에는 가전제품이라고 해 봐야 고작 트랜지스터라디오가 전부였고, 라디오에서 나오는 소리를 통해서만 세상과 소통할 수 있었다.

동네 사람들은 어른과 아이 할 것 없이 저녁을 먹고 나면 모두가 약속이나 한 듯이 텔레비전이 있는 집으로 모이기 시작했다. 좁은 방 안에 수십 명이 모여서 저녁 늦게까지 텔레비전을 시청하는 날이 많았다. 지금 생각해 보면 민폐도 그런 민폐가 아니었지만 말이다.

1970년대에 방영된 TV 프로그램 중에는 저녁 7시 30분부터 시작하는 KBS 일일드라마 '여로'라는 프로가 있었다. 이 드라마는 불우한 운명 속에 태어난 분이라는 여자가 가난에 못 이겨 술집 여자가 되었다가 부잣집의 씨받이로 들어갔으나 시어머니로부터 모진 구박을 당하다가 쫓겨나는 내용이다. 이 드라마는 시청률 70%를 기록한 온 국민이 즐겨봤던 프로였다. 여로가 방영되는 저녁 시간에는 길거리가 한산해지고 밥 타는 냄새가 진동할 정도로 인기가 있었다고 한다. 또 저녁 8시경에 시작하는 '효자문'이라는 KBS 드라마가 어른들에게 무척 인기가 있었고, 코미디언 배삼룡과 구봉서가 출연한, '웃으면 복이 와요'는 전 국민이 즐겨 본 인기 코미디 프로였다. 또 최불암 등이 출연해서 범인 검거 과정을 현장감 있게 보여 준, '수사반장'도 인기를 모았고, 최불암, 김자옥, 김혜자 등이 출연해서 아버지와 며느리 부부, 고모 등 대가족 집안의 애환을 보여준 일일연속극, '신부일기'도 크게 인기 있던 프로그램이었다. 그리고 일요일 낮 오후에 방송하는 어린이 프로인 '타잔'과 TBC방송에서 방영한 6· 25전쟁을 다룬 '전우'라는 프로그램도 아이들이 좋아했던 프로였다.

덧붙이자면, 우리 집의 경우는 마을에서 가장 늦게서야 가까스로 중고 텔레비전을 들여놓았다.

• 프로레슬링과 권투경기에 빠지다

텔레비전에 빠져들던 아이들에게 가장 인기가 많았던 프로그램은 레슬링과 권투경기였다. 특히 프로레슬링은 아이들 모두가 중계방송이 예정된 며칠 전부터 기다려지던 최고의 인기 프로였다. 레슬링 경기는 박치기 왕이라고 불렸던 김일 선수가 나왔기 때문이다. 1960~70년대에 모두가 먹고사는 문제로 힘겨웠던 시절에 박치기 왕 김일 선수가 등장해서 통쾌한 박치기로 거구의 상대를 쓰러뜨리는 장면은 모든 국민을 흥분시키면서 용기를 북돋워 주었다. 요즘처럼 프로야구나 프로축구처럼 즐길 만한 프로 스포츠가 부재하던 시절에 프로레슬링은 사람들을 흑백 TV 앞에 불러 모은 최고의 인기 스포츠였다. 그 중심에 프로레슬러 김일 선수가 있었다.

프로레슬링 경기가 벌어지는 날이면 읍내의 만화방, 오락실 등은 사람들로 발 디딜 틈이 없이 꽉 들어찼다. 손에 땀을 쥐고 경기를 지켜보던 사람들은 김일 선수가 상대의 반칙에 휘청거리면 '박치기!', '박치기!'를 외쳤고, 김일 선수가 박치기로 상대를 쓰러뜨리면 '와~!' 하고 환호성을 질렀다. 특히 김일 선수와 영원한 맞수 일본의 안토니오 이노키가 경기를 펼치는 날은 모든 이들이 하던 일을 제쳐두고 텔레비전 앞에 모여들었다. 박치기로 이노키를 한 방에 쓰러뜨리는 장면은 통쾌함 그 자체였고, 반일 감정과 뒤섞여 마음의 정화를 주는 그 이상이었다.

또, 프로레슬링 못잖게 복싱도 아이들에게 무척 인기가 있었다. 권투경기는 세계권투평의회의 WBC와 세계권투협회의 WBA, 그리고 세계복싱연맹 IBF 주최로 번갈아 가면서 세계

챔피언 타이틀매치가 열렸다. 권투 시합이 벌어지는 날이면 그날은 내내 신이 났다. 그 당시의 권투경기 중에서 명승부가 벌어진 시합은 유제두 선수 대 일본의 와지마 고이치의 미들급 세계타이틀 매치, 홍수환 선수 대 파나마의 카르스키아의 주니어 페더급 경기, 박종팔 선수 대 미국의 비니 커토의 슈퍼미들급 세계타이틀 경기를 꼽을 수 있다. 이들 시합은 그야말로 전 국민의 관심을 사로잡은 명승부의 경기였다.

특히, 홍수환 선수는 페더급 타이틀매치에서 2라운드에 다운을 4번이나 당하고도 3라운드가 시작되자 사력을 다해 싸워 상대인 카르스키아를 링 위에 눕혀 KO승을 거뒀다. 이 경기를 통해 홍수환 선수는 4전 5기 신화의 주인공이 되었고, 우리나라의 복싱 영웅으로 떠오르면서 전 국민에게 '할 수 있다'는 큰 용기를 심어주었다.

권투 중계방송에서 잊을 수 없는 또 하나의 장면은 WBA 라이트급 타이틀매치로 도전자 김득구 선수와 세계 챔피언 미국 출신 맨시니 선수의 시합 장면이다. 그날 경기에서 김득구 선수는 계속해서 공격을 주도하다가 14라운드에 맨시니에게 턱을 한 대 강타당한 후 의식을 잃고 쓰러졌다. 곧바로 병원으로 급히 옮겨졌으나 결국은 숨을 거둔 안타까운 경기로 지금도 두 선수의 접전 장면이 머릿속에서 지워지지 않는다.

권투는 모두가 가난했던 시절에 큰 꿈을 가진 젊은이들이 헝그리 정신으로 무장하고 성공 신화를 일궈내는 도구로 인식되었다. 복싱은 프로레슬링과 함께 축구나 야구와는 비교되지 않을 정도로 국민의 사랑을 받은 인기 있는 스포츠 종목이었다. 특히 김일 선수와 권투의 홍수환 선수는 국민 1인당 총소득(GNP)이 1,000달러 수준의 가난했던 1970년대에 온 국민에게 꿈과 희망을 심어 준 최고의 스포츠 영웅으로 인식되었다.

• 신명 나는 가을 운동회

1970년대 국민학교의 가을 운동회는 모두 추석 이튿날에 치러졌다. 운동회가 학생을 둔 가족뿐 아니라, 마을 사람들과 학교를 졸업한 동문까지 다 함께 참여할 수 있도록 배려하기 위해 명절 이튿날에 열렸다. 가을 운동회는 학교를 중심으로 학생과 학부모, 동문과 마을 주민 등 모든 공동체가 참여하여 함께 소통하는 축제의 자리가 되었다.

가을 운동회가 시작되면, 아이들은 청군과 백군으로 나뉘어 기마전, 기계체조, 곤봉 돌리기, 부채춤, 줄다리기, 장대 풍선 터트리기, 공굴리기 등 다양한 종류의 게임과 공연을 선보였다. 어른들도

마을 대항으로 모래주머니 들어올리기, 모래판 씨름하기와 같은 많은 볼거리 있는 경기를 펼쳤다.

가을 운동회가 또 다른 설렘을 주었던 이유는 저마다 용돈이 생기기 때문이다. 이날은 아이들마다 운동회 명목으로 얼마씩의 용돈을 손에 쥘 수 있다. 그 용돈으로 그동안 사고 싶었던 권총이나 구슬 같은 장난감도 살 수가 있었다. 게다가 부모님들이 정성을 가득 담아 준비해온 맛있는 음식도 먹을 수 있어서 아이들에게는 정말 일 년 중 가장 신나는 날이었다.

아무튼, 가을 운동회는 아이, 어른 모두에게 즐겁고 신나는 축제의 장(場)이었던 것 같다. 지금도 학교마다 운동회가 열리고는 있지만, 연간계획의 선상에서 추진하는 의례적인 행사처럼 되어 학생의 가족들 정도만 참여하는 간소한 행사로 축소되었다. 어린 시절에 치러졌던 화려한 가을 운동회는 시간이 아무리 흘러도 잊히지 않고 그리움으로 남아 있다.

● 새 학기 가정환경 조사서

학창 시절의 추억을 새겨 보면, 새 학기마다 나를 곤혹스럽게 하고 기를 죽게 한 사건(?) 하나가 있다. 가정환경조사서를 작성할 때다. 황지우 시인은, 「격류 위의 나뭇잎」 이라는 글에서 어릴 적 그 당혹스러웠던 기억을 '나는 학교에서 지식이 아니라 수치심을 배웠다'라고 토로하면서, '전기다리미, 시계, 라디오, 전화, 전축, 피아노 따위들… 우리 집엔 단 하나도 없었다.' 라고 썼다. 그렇다. 집안 형편이 상대적으로 가난했던 아이들은 담임선생님이 가정환경 조사서를 작성할 때마다 주눅이 들었던 경험을 떠올리게 될 것이다.

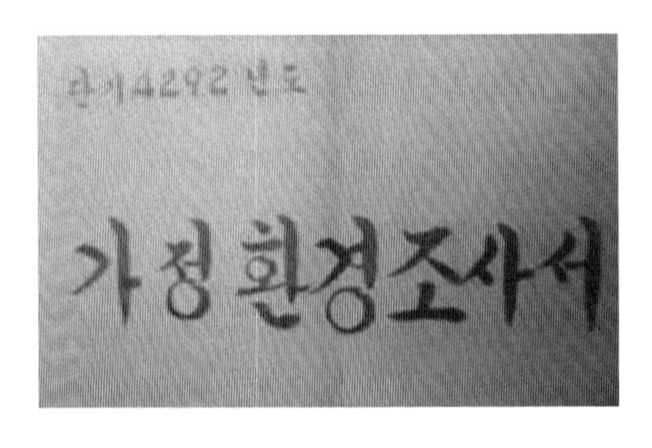

담임선생님은 새 학기가 시작되자마자 가장 먼저 가정환경 조사서를 들고 와서, 시계, 라디오, 전화, 다리미… 등 생필품이 집에 있는지, 하물며 집이 한옥인지 초가집인지를 물어가며 가정환경을 조사했다. 신학기마다 한 번씩 가정환경 조사서를 작성하는 시간이 되면, 우리 집은 왜 이렇게 가난할까 라는 생각으로 가난한 집안 형편이 드러나는 창피함을 겪어야 했다. 그래서 나는 담임선생님이 가정환경 조사서를 작성할 때 간혹 선의의 거짓말을 한 적도 있었다. 특히 국민학교 문턱에도 못 가본 부모님 학력을 쓰거나 조사할 때는 선의의 거짓말을 했다. 무학(無學)의 사실을 숨겨서 국졸에 손들고, 부모님 직업도 농업 대신 회사원으로 적은 적도 있다.

가정환경 조사서는 국민학교 시절뿐 아니라 중·고등학교에 다니는 동안에도 끈질기게 따라다니며 학창 시절 내내 나를 주눅 들게 만든 상징물이 되었다. 가정환경 조사를 할 때마다 겪었던 아픈 추억은 세월이 가도 지워지지 않고 계속해서 기억 속에 맴돌고 있다. 가정환경조사서를 추억하면 황지우 시인의 말이 가슴에 썩 와 닿는다.

학생의 가정 형편을 정확히 알아야 교육과 학생 지도에 도움이 된다는 이유로 지속되었던 나쁜 관행이 학생들의 가정환경조사다. 집안 형편이 어려운 학생의 마음은 전혀 고려하지 않고, 교육 당국이 일방적으로 학생의 가정환경 정보를 수집해서 학생에 대한 선입견 교육에 악용하는 등의 잘못된 교육의 대표적인 사례가 가정환경조사서라고 할 수 있다.

• 국민학교 졸업여행 불참

아픈 추억이 또 하나 있다. 6학년 졸업여행 이야기다. 1학기가 시작되고 꽃들이 피어나는 5월에 아산 현충사를 거쳐 서울 어린이 대공원, 동물원 등으로 수학여행을 다녀오는 일정이 잡혔다. 고향 마을 밖을 한 번도 벗어나 본 적이 없는 나로서는 시골 촌놈이 멀리 서울 구경하러 수학여행을 간다고 하니 얼마나 설레고 신이 났겠는가. 학교에서 돌아오자마자 부모님께 여행 동의서를 드리면서 졸업여행을 꼭 가고 싶다고 말씀드렸다. 동의서를 한참 동안 들여다보고 나서는 돈이 없어 수학여행을 못 보낸다고 하면서 불참 난에 표시했다.

혹시나 하는 마음은 갖고 있었지만, 막상 불참으로 결정이 나는 순간 나는 무척 속상했다. 수학여행을 가고 싶은 마음은 간절했으나 집안 형편을 잘 알고 있는 터라 감히 가겠다고 보챌 수가 없었다. 집안 사정이 안 좋아서 부모님이 고생하는 모습을 뻔히 보고 있는데 떼를 쓴다고 될 수 있는 일도 아니었다. 공교롭게도 앞집의 친한 짝꿍 역시 부모님의 반대로 수학여행을 가지 못하게 되었다. 나 혼자만 못 가게 되었으면 더 슬펐을 터인데 둘이서 같이 수학여행을 못 가게 된 것에 그나마 위안이 되었다.

그 이후에 중학교 2학년 때 경주로 수학여행을 다녀온 것이 장거리 외출의 첫 경험이 되었으니, 나는 오랫동안 세상 물정 모르고 우물 안 개구리처럼 촌놈으로 살아왔다. 중학교를 졸업하고, 어느 날 친구 집에 놀러 가서 우연히 친구의 책상에 꽂혀있는 졸업앨범을 뒤적이다가 6학년 졸업여행 기념사진을 보게 되었다. 6학년 수학여행 단체 사진 속에 내 얼굴이 빠져 있는 것을 확인하면서 씁쓸하고 서글픈 생각을 떨쳐버리지 못했던 기억이 어렴풋이 되살아난다.

• 생애 첫 사진

지금의 젊은 세대가 들으면 전혀 이해하기 어려운 이야기가 하나 있다. 나는 초등학교를 졸업하기 전까지 단 한 번도 사진기 앞에 설 기회조차 없다가 6학년 졸업을 앞두고 단체로 졸업 기념사진을 찍게 되었다. 이때 찍은 졸업 사진이 생애 최초의 사진이다. 그전까지는 백일이나 첫돌 등의 기념 사진은 고사하고 카메라 앞에 서 본 일이 전혀 없었다. 어찌 보면 가련한 인생의 주인공이라는 생각이 들기도 하지만 오죽했으면 어릴 적에 찍은 사진이 단 한 장도 없겠는가 하는 마음으로 위안하고 있다.

어느 날 지인들과 술자리에서 어린 시절의 사진이 화제가 된 적이 있었다. 이 자리에서 나의 가장 오래된 사진이 국민학교 졸업 기념 단체 사진이라고 말했더니 모두 그럴 리가 있겠나 하는 반응을 보이며 믿지 못하겠다는 표정을 지었다. 1960년대에 출생한 사람이더라도 어릴 때 백일이나 첫 돌 사진 한 장씩은 갖고 있었기 때문에 나의 말을 믿지 못하고 모두가 의아하게 생각했다.

사진은 부잣집에서나 찍는 거라면서, 우리 애들은 어릴 때 사진 한 장도 못 찍어 주고 키웠다며 푸념 섞어 안타까운 심정을 토로하던 어머니의 목소리가 귓전에 아른거린다. 가난한 살림에 자식들을 많이 낳아 키우다 보니, 사진 한 장 찍을 만한 여유가 없었음은 이상한 일처럼 생각되지는 않는다. 어머니가 갖고 있던 안타까운 마음은 충분히 이해하고도 남는다. 아무리 그렇더라도 형제들이 모두 어릴 적 사진이 한 장도 없다는 사실은 어떻게 설명해야 할지 모르겠다.

내가 간직하고 있는 최초의 인물 사진은 경주로 중학교 수학여행을 갔을 때 불국사에서 친구들과 함께 찍은 흑백사진 두 장뿐이다. 중학교를 졸업할 때까지도 나를 담은 단 두 장의 사진만이 추억의 앨범 맨 앞장에 소중하게 보관되어 있다.

제2부. 고뇌하고 성장하는 시간

01

중학교 입학과 새로운 시작

나는 6년간의 초등학교 생활을 무사히 마치고, 1975년 3월 4일 드디어 미원중학교에 입학하여 중학생 3년의 첫발을 내디뎠다. 당시 미원중학교는 남학생은 4학급, 여학생 2학급으로 총 6학급이었다. 남자 반은 학급당 55명 안팎이었고, 여자 반은 70명 가까이 되어 전교생이 350여 명 규모의 작지 않은 학교였다. 1학년 교실은 학생들로 꽉 차서 숨이 막힐 지경의 이른바 콩나물 교실이었다. 학급 당 학생 수가 엄청 많았음에도 수업 시간에 떠들거나 장난을 치는 아이들은 없었다.

이런 환경 속에서 새롭게 중학생이 된 나는 생활면에서도 적지 않은 변화를 맞이했다. 먼저, 그동안 검은 고무신만 신

고 다니다가 중학생이 되면서 처음으로 운동화를 신을 수 있었다. 물론 초등학교 때도 운동화를 신고 다니는 아이들이 있었으나 집안 형편이 그런대로 나은 아이들이었고, 아이들 대부분은 사시사철 검정 고무신을 신고 다녔다. 학생용 운동화는 검은색과 파란색, 그리고 흰색의 세 종류가 있었는데, 규정상 실외화는 검은색 또는 파란색을 신어야 하고 실내화는 흰색 신발을 신도록 정해져 있었다. 당시 운동화 한 켤레 가격이 600원이었다. 〈처음 신어보는 운동화였기 때문에 운동화 가격을 지금까지도 기억하고 있다〉 새로 산 운동화를 아껴야겠다는 마음으로 학교에 오갈 때만 신고, 그 외에는 계속해서 검은 고무신을 신고 다녔다.

고무신을 신어본 사람은 누구나 경험해서 알겠지만 불편한 게 한둘이 아니다. 예컨대, 고무신을 신고 급히 뛰어가다가 혹은 험한 산길을 걷기라도 하면 신발이 벗겨지거나 가시가 신발 바닥에 박혀 발바닥을 찌르는 일이 일쑤였다. 그러다가 운동화를 신게 되면서 그동안 겪었던 크고 작은 불편함에서 벗어날 수가 있게 되었으니 운동화가 주는 고마움은 이루 말할 수가 없었다.

그리고 중학생이 되면서 책보 대신 책가방을 갖게 된 것이 또 다른 변화 중의 하나였다. 그동안은 줄곧 책보를 들고 학교에 다녔다. 형편이 괜찮은 몇몇 아이들 빼고는 거의 가방 대신 책보를 갖고 다녔다. 남학생은 책을 보자기에 둘둘 말아서 왼쪽 겨드랑이와 오른쪽 어깨 사이의 등에 둘러메고 여학생은 책보를 허리춤에 메고 다녔다. 책보를 메고 다니는 불편함은 이루 말할 수 없었다. 급히 뛰어가다가 등에 멘 책보가 풀어져서 땅바닥에 책이 흐트러지기도 하고, 도시락의 반찬 국물이 흘러 나와 옷에 묻기도 했다. 중학생이 되어 책가방을 갖고 다니게 되면서 오랫동안 겪어왔던 이러한 불편함을 일거에 떨쳐버릴 수 있게 되었다.

중학교 입학하면서 새 자전거를 사게 된 것도 내 삶의 작은 변화의 시작이었다. 집에서 중학교까지 거리가 그리 멀지 않아서 학교까지 한동안은 걸어서 다녔다. 그러다가 좀 더 멀리서 자전거로 통학하는 친구들의 핑계를 대면서 조르다시피 해서 거금 2만 원을 들여 새 자전거를 샀다. 1975년 당시 2만 원은 결코 적은 돈이 아니었다.

1975년 무렵에 짜장면 한 그릇은 200원, 삼양라면 한 봉이 50원, 시내버스 기본요금도 50원 안팎이었다. 주로 사용되는 지폐가 100원권과 500원권이었으니까, 자전거 가격 2만 원은 비교적 적지 않은 금액이다. 이해를 돕기 위해 현재 짜장면 한 그릇 가격에 해당하는 8,000원을 기준으로 계산하면 당시 물가의 약 40배가 오른 셈이다. 똑같은 기준으로 당시의 자전거 가격 2만 원은 현재 액면가로 대략 160만 원의 액수다. 돈 한 푼이 아쉬웠던 우리 집 형편에서 봤을 때 자전거를 사기 위해 정말 큰돈을 지출했다고 볼 수 있다.

02

중학교 때의 몇 가지 기억

• 수학여행과 색다른 경험

1975년 5월, 중학교 2학년 때 경주로 다녀온 수학여행의 추억은 오랜 시간이 흐른 지금도 잊을 수가 없다. 나에게 고향 마을이라는 우물에서 벗어나 버스를 타고 처음으로 바깥세상을 경험할 기회를 가져다주었기 때문이다. 정말이지 수학여행을 다녀오기 전까지는 단 한 번도 마을의 울타리를 벗어나 본 적이 없는 촌뜨기의 원조로 살아왔다.

그런 내가 수학여행을 가게 되었으니 며칠 동안 밤잠을 설치는 설렘과 두근거림은 이루 말할 수 없었다. 그렇지만 막상 수학여행을 떠나면서는 마냥 좋은 추억만 남아 있는 것은 아니다. 수학여행 내내 차멀미를 심하게 했기 때문이다. 학교에서 경주로 출발하는 아침부터 멀미하기 시작해서 수학여행을 끝마칠 때까지 내내 차멀미에 시달렸다. 그러나 심한 차멀미가 나의 첫 생애의 외출이 주는 설렘까지 꺾어버리지는 못했다.

마침내 경주에 도착하여 불국사 일대를 둘러보며 본격적인 수학여행 일정이 시작되었다. 불국사 경내의 다보탑을 배경으로 기념사진을 찍었다. 내가 태어나서 처음으로 카메라 앞에 서서 자세를 취해 본 순간이었다. 이때 석가탑과 다보탑을 배경으로 찍은 두 장의 흑백사진은 내 앨범 속의 첫 페이지에 소중하게 간직하고 있다.

수학여행의 첫날 일정을 이렇게 마무리하고, 저녁 식사를 마치고 나서 방에서 휴식을 취하는 시간에 나에게 색다른 경험의 순간이 다가왔다. 외출을 나갔다가 돌아온 한 친구가 무언가 뿌연 액체가 담긴 자그마한 병을 갖고 들어왔다. 그동안 말로만 들어왔던 우유라는 것을 가지고 들어와서 건네주는 것이었다. 친한 친구가 주는 우유라서 성큼 받아서 훌쩍 들이켰다. 약간 비린 맛이 나는 별로 내키지 않은 맛이었지만, 내가 태어나서 처음으로 우유의 맛을 경험하는 순간이었다. 나의 중학교 경주 수학여행은 이처럼 처음으로 우유를 맛볼 수 있게 해 준 별난 경험의 시간이 되어 주었다.

부연하면, 1960~70년대에는 우유가 도시에 사는 부잣집 아이들이나 마실 수 있는 아주 귀한 건강식품으로 여겨지던 때였다. 생애 첫 수학여행은 처음으로 카메라 앞에서 사진을 찍는 행운을 주었고, 또 귀하다는 우유도 처음으로 맛보는 경험의 시간이 되었다. 그러고 보면, 수학여행에서 얻은 이 두 가지 색다른 경험은 나의 문화적 빈곤함을 드러내는 계기가 됨으로써 평생 잊지 못할 특별한(?) 추억으로 뇌리를 맴돌고 있다.

• 어머니의 온기(溫氣), 따뜻한 도시락

어머니는 평생을 낫 놓고 기역 자도 모르는 까막눈으로 살아왔다. 게다가 청각 장애 3급 판정까지 받은, 정말 내세울 것 하나 없는 변변치 않은 삶을 살아온 촌부(村婦) 중의 촌부다. 그런 보잘 것 하나 없는 어머니일 수도 있지만, 학창 시절을 돌아보면 없는 살림에 6남매를 키워내느라 손과 발이 다 닳도록 헌신하던 모습은 잊으려야 잊을 수가 없다.

어머니는 육 남매를 낳았으니 뒷바라지하는 시간도 그만큼

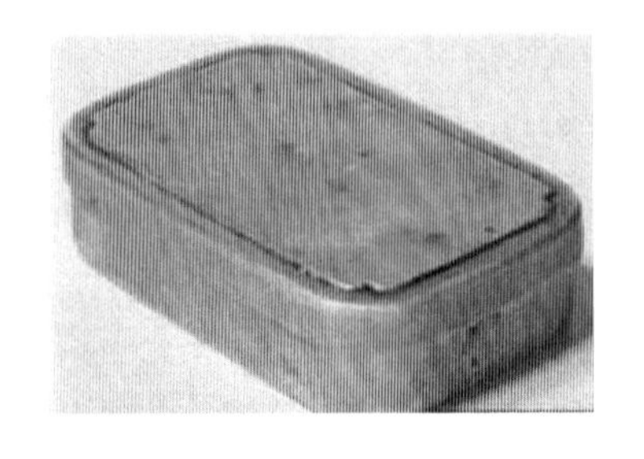

길어질 수밖에 없었다. 육 남매가 모두 학교를 마칠 때까지 자식들에게 따뜻한 아침밥이라도 먹여서 학교에 보내려면 이른 새벽부터 부엌일을 하고 도시락을 싸야 했다. 식구 중에서 어린 여동생을 제외하고는 여자는 어머니밖에 없었다. 혼자서 밥 짓고, 국 끓이고, 반찬을 준비하기 위해서는 새벽같이 일어나지 않으면 안 되었다. 아궁이에 불을 지펴서 밥을 해야 했기 때문에 취사 과정이 무척 번거롭고 시간도 많이 소요될 수밖에 없었다. 바쁜 아침에 매일같이 도시락을 몇 개씩을 싸야 했기 때문에 아무리 바쁘게 손을 놀려도 등교 시간에 맞춰서 아침밥을 준비하기가 여간 어려운 일이 아니었다.

나는 정신없이 바쁜 어머니의 처지를 생각하지 않을 수가 없었다. 뜸도 들지 않은 밥을 솥뚜껑을 열고 직접 퍼서 선 채로 허둥지둥 밥을 먹는 일이 하루 이틀이 아니었다. 동생들도 역시 마찬가지였다. 지각하지 않으려면 어쩔 수가 없었기 때문이다. 이렇게 부엌에서 선 채로 아침밥을 먹고 있는 와중에 어머니는 도시락을 쌌다.

어머니가 도시락은 정성스럽게 싸주는데 도시락 반찬은 늘 똑같았다. 김치 볶음, 또는 고추장에 절여 만든 무장아찌 아니면 마늘장아찌가 주였고, 봄이 되면 산나물이나 감자볶음,

여름철이 되면 호박볶음과 가지볶음도 많이 싸갔던 도시락 반찬 메뉴였다. 집안 형편이 좀 나은 아이들은 멸치볶음이나 구운 김, 계란말이 같은 맛깔스러운 반찬을 싸 오기도 했는데 그렇게 부러울 수가 없었다. 그러나 나는 어머니가 어떤 반찬을 싸 주든지 반찬 투정을 하지 않았다. 이른 새벽부터 일찍 일어나 정신없이 준비해서 아침밥을 챙겨준 어머니의 수고와 정성을 생각하면서 아무 음식이나 챙겨주는 대로 맛있게 먹었다.

이렇게 반찬 투정하지 않고 고루고루 다 잘 먹었던 식습관은 성인이 되어서도 음식을 타박하거나 가리지 않고 어떤 음식이든지 잘 먹는 좋은 습관을 지니게 되는 바탕이 되었다. 요즘 시장에 나가보면 여러 가지 먹거리가 즐비하고 구미를 당기는 도시락용 반찬도 쉽게 구할 수가 있지만, 반찬가게의 음식들이 어머니가 만든 음식처럼 손맛과 정성이 담겨 있을 것 같지 않다. 최근에는 학교 급식이 정착되어 어머니들이 도시락 싸는 번거로움마저 사라졌으니 실로 금석지감을 느끼게 한다.

• 쥐를 잡자! 쥐잡기 운동

1970년대의 추억 가운데 쥐와 관련한 이야기는 빼놓을 수가 없다. 지금은 위생 시설도 좋아졌을 뿐 아니라 쥐를 퇴치할 수 있는 약효가 뛰어난 살서제(殺鼠劑:쥐를 죽이는 약제) 덕분에 우리 주변에서 쥐가 눈에 잘 띄지 않는다. 1960~70년대는 주변 환경도 지저분했고 쥐약도 구하기 어려워서 온 마을이 쥐와의 전쟁이 벌어지곤 했다.

지금은 쥐잡기 운동이라는 말조차 사라졌지만, 70년대에는 도시와 농촌, 가정과 학교, 직장을 막론하고 동시다발적인 범국민적 운동으로 전개가 되었다. 그때는 식량이 턱없이 부족하던 시절이라 쌀 한 톨이라도 아껴야 하는 상황에서 전국의 쥐들이 몰래 먹어대는 곡물의 양이 엄청났기 때문에 쥐잡기 운동은 한시도 늦출 수 없는 범국가적 과제였다. 일선 학교에서는 쥐잡기 포스터 공모대회, 쥐 박멸 웅변대회까지 열어 대대적으로 쥐잡기 운동을 펼쳤다. 이때 만들어진 표어 중에 '쥐는 살찌고 사람은 굶는다'라는 표어 구절은 아직도 기억에 생생하다.

우리 집도 쥐와의 전쟁은 예외가 아니었다. 그 당시 농촌 주택은 대부분 기와집 아니면 슬레이트나 함석지붕의 흙집이었기 때문에 쥐의 침입에 취약했다.

쥐들은 먹을 것을 구하려고 흙벽을 뚫고 방안까지 침투하기 일쑤였다. 쥐들은 주로 지붕 밑에 천장 부분을 뚫고 방으로 침투한다. 쥐는 야행성 동물이어서 주로 밤에 활동한다. 사람들이 잠이 든 한밤중에 출현해서 천장 위를 종횡무진 휘젓고 돌아다니는 일도 있고, 방안에 쌓아둔 고구마를 갉아 먹고 쌀이나 콩 등의 곡식들까지 먹어 치웠다.

특히, 겨울이 되면 쥐들은 먹이를 찾아 기를 쓰고 방으로 침투해 들어왔다. 방안에는 월동용 고구마뿐 아니라, 잡곡들이 있어서 터라 쥐들로부터 표적이 되곤 했다. 어떤 날은 방에 들어온 쥐를 잡기 위해 밤중에 자다 말고 일어나서 한바탕 소동을 벌이는 날도 적지 않았다.

방 안에 들어온 쥐는 어머니가 잘 잡았다. 쥐 잡는 일이 일상처럼 되다 보니, 어머니는 쥐를 잡는 방법에도 지혜가 생겼던 것 같다. 쥐를 잡고 나면 반드시 후속 조치로 방에 들어온 쥐의 침투 경로를 살펴 쥐구멍을 틀어막아야 한다. 그렇지 않으면 쥐들이 겨우내 벽이나 천장을 뚫고 방으로 들어오기 때문에 쥐와의 전쟁은 막을 수가 없었다.

1970년대부터 시작된 새마을 운동으로 초가지붕이 슬레이트나 함석지붕으로 바뀌고 현대식 건축물이 늘어나는 등 농촌 환경이 점차 나아지면서 쥐들의 활동 범위도 서서히 좁아져 갔다.

03

중학교 졸업과 작은 아픔

내가 중학교 3학년 때 담임선생님은 영어 선생님이었다. 선생님께서는 열정적인 모습으로 유머를 섞어가면서 영어 수업을 아주 재미있게 진행했다. 특히 공부를 열심히 하는 학생들에게는 격에 맞게 별명을 붙여주는 등의 방법으로 흥미를 불어넣어 주곤 했다.

3학년 1학기 여름방학이 지나고 2학기가 시작되자 고등학교 진학 문제로 교실 분위기가 조금씩 술렁거리기 시작했다. 학력고사 시험이 성큼성큼 다가왔기 때문이었다. 1977년 당시 청주 시내 고등학교는 인문계나 실업계를 막론하고 학력고사를 치러야만 진학을 할 수 있었다. 그 이듬해부터 청주 시내 인문계고등학교에 평준화 제도가 도입되었기 때문에 우리 학번이 고입 학력고사의 마지막 세대가 되었다.

1977년도 청주 시내에는 청주고, 충북고, 세광고, 운호고, 청석고 등 다섯 개의 남자 인문계 고등학교가 있었다. 그 연도에 신흥고등학교가 새로 개교하는 바람에 남학생들은 모두 여섯 개의 인문계 고등학교를 놓고 진학의 기회가 생겼다. 그 당시는 현재처럼 남녀공학 고등학교는 존재하지 않았다.

실업계 고등학교의 경우는 청주기계공고, 청주 상고, 청주 농고 등 3개 학교가 있었기 때문에 청주 시내에는 모두 9개의 남자고등학교가 있었다. 인문계 고등학교는 평준화 제도가 시행되기 직전이었기 때문에 우선 응시하고자 하는 학교에 원서를 제출하고 나중에 학력고사를 치러 합격해야 진학할 수가 있었다. 그런데 청주 시내 인문계 고등학교는 합격 점수에 따라 학교 서열이 매겨져 있었다.

예를 들면, 청주고등학교는 학력고사 200점 만점에 180점 이상의 우수한 학생들이 지원하는 충북의 최고 명문고등학교였다. 청주고등학교에 몇 명이 합격했느냐를 가지고 중학교의 수준을 평가하던 시절이었다. 미원중학교의 경우는 해마다 3~5명 정도씩 청주고에 합격했다. 충북고등학교는 대략 160점 이상이면 합격할 수 있었고, 다음으로 세광고와 운호고의 순이었다. 청석고는 합격 점수가 상대적으로 가장 낮은 학교였다.

실업계 고등학교의 경우는, 1970년대 정부의 중화학공업 정책에 힘입어 공업고등학교를 선호하는 바람이 전국적으로 세차게 불었다. 예를 들어, 경북 구미에 세워진 금오공업고등학교는 전국 각지에서 성적이 우수한 수재들이 모여드는 최고의 인기를 구가하는 대단한 학교였다. 박정희 대통령 시절에 조국 근대화의 기수라는 기치 아래 범정부적 차원에서 공업고등학교를 지원했기 때문에 벌어진 현상이었다. 청주공업고등학교도 인기가 있어서 140점대의 나름 우수한 학생들이 지원했다. 현재 대성고등학교의 전신인 청주상업고등학교도 전통을 바탕으로 합격선이 대략 140점 이상이었다.

나의 경우는 모의 학력고사 평균 점수가 160점에서 167점 사이에 분포하고 있었다. 담임선생님은 충북고등학교에 지원하면 합격이 가능한 점수라고 해서 지원할 결심을 하고 있었다. 그런데 나에게 예상하지 못한 문제가 생겼다. 고등학교 진학 가정통신문을 받아 본 조부님은 동생들을 위해서 고등학교 진학을 그만두고 대신 취업 쪽으로 가라는 것이었다. 나로서는 청천벽력 같은 일이었다. 어려운 집안 형편은 이해가 되었지만 어떻게 해서든지 고등학교는 보내줄 거라고 믿고 있던 터였기 때문이었다. 담임선생님은 충북고등학교 입학시험 원서를 작성하는 마지막 날까지 재고할 수 있도록 기회를 주었으나, 고등학교 진학의 기회는 거기서 일단 멈추고 말았다. 생떼를 써 보려는 생각도 들었지만, 집안 사정이 워낙 어렵다는 사실을 알고 있었고 동생들도 학교에 다녀야 했기 때문에 고등학교에 가겠다고 막무가내로 조를 수는 없는 일이었다.

얼마 후, 친구들이 고입 시험을 치르고 합격자를 발표하는 날이 되었다. 평균 내신이 나보다 낮은 친구들이 충북고등학교에 합격했다는 소식을 듣고 나는 마음속으로 크게 울었다. 꼭 가고 싶었던 고등학교 진학의 꿈이 무너지는 것을 확인하는 순간이었다.

중학교 3학년의 마지막 긴 겨울방학 끝에 졸업식을 마치고 3년 동안 정들었던 교문을 나서는 심정은 무거울 수밖에 없었다. 고등학교 진학을 멈춰야 하는 쓴맛을 삼키며 무거운 발걸음으로 집으로 돌아왔다.

04

갈등과 고뇌의 시간

나는 중학교를 졸업하고 나자마자 속된 말로 맨붕에 빠졌다. 학교 마크가 붙은 산뜻한 새 교복을 입고 등교하는 친구들을 보면 공부하고 싶다는 생각이 간절해지면서 부러움과 낙담, 좌절감 등 온갖 생각이 다 들었다. 이렇게 진로 문제로 고민하면서 달포의 시간이 지났을 때 맏손자의 취업을 위해 동분서주하던 조부님은 취업 자리를 찾아냈다. 그때 마침 아버지 이종 사촌이 청주에서 체육사 가게를 운영하고 있었다. 이 체육사는 체육 관련 물품도 판매하고 시내 초·중학교에 운동복을 납품하는 제법 규모가 있는 체육사였다. 조부님은 이곳을 찾아가서 자초지종을 이야기하고 손자가 일을 할 수 있도록 해달라는 부탁을 했던 모양이다. 조부님은 당장 내일부터 나와서 일해도 된다는 소식을 갖고 돌아왔다.

나는 조부님이 소개하는 취업 자리가 별로 탐탁지 않았으나 조부님의 말씀을 거스르는 것이 도리가 아니라는 생각이 들어서 그대로 따르기로 결심했다. 한창 공부를 해야 할 청소년기에 공부 대신 취업 전선에 첫발을 내딛는 순간이었다. 곧바로 취업을 위해 청주로 향하면서 그동안 말로만 들어왔던 도시 풍경을 직접 밟아볼 수 있게 되었다. 다음 날 아침 완행버스를 타고 육거리 체육사 사무실을 찾아갔다. 드디어 공부 대신 낯설고 생소한 직장생활이 시작된 것이다. 체육사 일은 당일부터 곧바로 시작되었다. 체육사 봉제실에는 재단사 한 명과 재봉 기사 두 명에 업무보조원 한 명 등 모두 네 명이 작은 공간에서 체육복 만드는 일을 하고 있었다.

체육복이 완성되려면 먼저 재단사가 옷감을 각 치수에 맞게 재단하고, 다음으로 재봉 기사의 재봉 과정을 거치면 마지막으로 옷에 붙어있는 실밥 등을 깨끗이 제거하는 것으로 체육복이 만들어진다. 마지막 작업으로 학교 마크를 새겨 넣는 날염(염료를 이용해서 옷에 학교 마크 등 글씨를 찍어내는 일) 과정을 거쳐 체육복은 완성품이 된다. 내가 주로 담당했던 업무는 완성된 체육복을 날염 공장으로 배달하고 회수하는 일과, 봉제 과정에서 부족한 일손을 거들어주고 뒷정리하는 정도의 아주 단순한 일이었다.

체육사에서 일을 시작한 지 한 달이 지나고 모두가 밝은 표정으로 월급을 받았다. 그런데 어찌 된 일인지 나는 한 푼도 급여를 받지 못했다. 영문도 모른 채 다음 달에는 얼마를 주겠지 하면서 그냥 참고 기다렸다. 그런데 한 달이 또 지나도 역시 마찬가지였다. 알고 보니 급여를 안 주는 대신에 학교에 납품하고 남은 재고용 체육복들을 모아서 우리 시골집으로 보내는 것으로 대신하고 있었다.

체육사에서 보내온 체육복은 학교의 마크가 새겨진 학교 체육복이었지만 이에 개의치 않고 동생들 모두 기꺼이 입고 다녔다. 집에서 놀 때나 학교에 갈 때도 언제나 다른 학교의 마크가 새겨진 체육복을 그대로 입고 다녔다. 이렇게 얻어 입은 체육복으로, 직접 사 입어야 하는 의복 비용을 절약할 수 있게 되었으니 급여를 못 받은 대신 가계에 보탬을 줄 수는 있었다. 집에서 이처럼 사소한 혜택을 누리고 있음에도 나는 차츰 고민에 빠졌다. 희망이 보이지 않는 체육사 직원 생활을 계속해야 할 것인가. 일을 계속해서 하면서도 여러 날을 두고 고민을 거듭해도 희망의 끈은 찾을 수가 없었다. 근속 석 달이 되어 첫 휴가를 얻어 시골집으로 갔다. 집에 도착해서 알게 된 일이지만, 조부님은 손자 급여는 안 주어도 좋으니 일이나 잘 가르쳐주고 밥이나 잘 먹여주면 된다는 정도로 부탁을 했던 것 같다.

05

외할머니가 준 선물

취업을 위해 집을 떠난 지 석 달 만에 휴가를 얻어 시골집에 왔다. 그때 공교롭게도 보은읍에 살고 있던 외할머니께서 와 계셨다. 예전부터 우리 집에 오면 여러 가지 도움이 되는 말씀을 해주셨던 할머니다. 그날도 나를 보고 무척 반가워하면서 자초지종 나의 이야기를 듣고 나서는 걱정스러운 표정으로 말씀을 하는 것이었다.

"너, 집도 가난하고 동생들도 이렇게 많은데, 고등학교도 못 나오면 어떤 여자가 너한테 시집을 오겠니?"

라고 말씀을 꺼내며 도움이 되는 많은 이야기를 해주셨다. 그러면서 맏이가 잘 풀려야 동생들도 잘되는 법이라는 말로 마무리하면서,

"너 재워줄 빈방도 있다. 내가 학비는 못 대줘도 우리 집에 와서 학교에 다니면 밥은 먹여주겠다."
라는 말로 나에게 진심 어린 걱정의 말씀을 해주셨다.

나는 외할머니의 말을 듣는 순간 정신이 멍해졌다. 그리고 갑자기 희망의 화살이 가슴에 와 박히는 느낌이 들었다. 외할머니의 말씀이 내 삶의 기회가 될 수 있을 것이라는 확신이 들었지만, 할머니 앞에서는 좀 더 생각해 보고 결정하겠노라고 간략히 말씀만 드리고 나서 더 이상의 긴 대화는 하지 않았다.

할머니가 떠나고 다음 날, 내 생각을 조부님에게 조심스럽게 말씀드렸다.

"저 체육사 일 그만두고 고등학교 가겠습니다."
라고 단도직입적인 표현으로 나의 각오를 말씀드렸다. 외할머니의 약속을 이미 알고 계셨기 때문에 조부님은 나의 말을 듣고 한참을 생각하면서도 즉답이 없었다. 내가 원하면 그렇게 하라는 허락의 표정 같기도 하고 나한테 선택의 기회를 넘겨주시는 듯한 표정이었다. 주저하지 말고 당장 진학 준비를 시작하자고 결단을 내렸다.

이렇게 해서, 체육사 일을 시작한 지 3개월 만에 직장 일을 그만두고 다시 집으로 돌아왔다. 짧은 취업의 시간을 끝내고, 다시 고등학교 진학을 위한 새로운 진로를 위해 준비를 시작했다.

곧바로, 고입 시험 준비를 위한 자습서를 구하기 위해서 청주로 나갔다. 80년대 초반까지만 해도 지금처럼 참고서 종류가 다양하지 않아서 학생들이 주로 사서 공부했던 문제집은, 「완전정복」 아니면, 「스터디북」 정도가 전부였다. 새 참고서는 권당 가격이 600~700원 정도였는데 이 돈을 조금이라도 절약할 요량으로 헌책방을 찾아 중고 참고서를 구했다. 헌책방에서는 새 참고서의 절반 가격으로 책을 구할 수가 있고 참고서 상태가 비교적 괜찮은 책들을 고를 수도 있어서 좋았다. 새로 구한 참고서를 가지고 당장 고입 수험생으로 돌아가 다시 공부를 시작했다. 시험 준비를 해가면서, 시험을 얼마 앞두고 모의고사 문제를 구해서 문제를 풀어보았더니 다행히도 작년 수준의 점수 결과가 나왔다. 11월의 마지막 모의고사 점수는 3학년 때의 평균 점수보다 더 높게 나왔다. 정말 다행이었다. 차근차근 최선을 다해 준비한 끝에 보은농업고등학교 농업과에 원서를 넣고 입학을 위한 학력고사 시험을 치렀다. 중학교 친구들보다 일 년 지각생이 되어 고등학교 진학의 꿈에 성큼 다가가는 순간이었다.

06

농업고등학교 입학

1979년 3월 5일, 신입생 입학식을 치르고 마침내 보은농업고등학교의 농업과 재학생이 되었다. 막상 고등학생의 꿈을 이루었으나 기분은 왠지 썩 유쾌하지는 않았다. 내가 애초에 원했던 학교도 아니었고, 더구나 중학교 1년 후배들하고 동급생으로 3년을 함께 다녀야 한다고 생각하니 자존심도 조금은 상했다. 그러나 고등학교에 다닐 수 있게 된 것만도 감지덕지한 일이 아니겠느냐고 생각을 바로잡고 새로운 출발을 다짐했다.

보은농업고등학교 농업과에 입학하고 나서 가장 궁금했던 것 중의 하나가 입학 성적이었다. 담임선생님에게 입학 성적을 확인해보니 학력고사 200점 만점 기준 167점으로 내가 지원한 농업과 3개 반 중에서 3등을 차지했다. 입학 당시의 개설 학과는 농업과, 임업과, 축산과, 원예과, 잠업과 등 5개 과에 농업과만 3개 반으로 편성되었다. 반 편성 방식은 지금처럼 석차 순으로 배정했기 때문에 입학 성적 3등이었던 나는 농업과 3반에 배정되었고, 학급 수석 장학생으로 장학금 5만 원을 받은 행운의 주인공이 되었다.

입학하면서 받은 학급 수석 장학금 5만 원은 곧바로 조부님에게 드렸다. 나는 입학 장학금을 받고 나서도 졸업할 때까지 계속해서 장학금을 받았다. 이렇게 장학금을 받으면서도 실업계 고등학교에 다니고 있다는 사실을 생각하면, 더구나 청주에서 멀리 떨어진 시골의 농업고등학교에 다니고 있다는 사실에 대해 자격지심을 완전히 떨쳐버리지는 못했다. 그러나 한편으로는 내가 고등학교에 다닐 수 있게 된 것으로도 만족해야 하는 처지에서 장학금까지 받아 어려운 집안 형편에 작으나마 보탬을 주고 있다는 생각으로 어느 정도 위안이 되었다.

1학년 때 담임선생님은 식용작물 과목을 담당하는 선생님이었다. 키는 크지 않은 편이었으나 온화하고 자상한 성품을 지닌 분으로 학생들에게 많은 인기가 있었다. 새 학기가 시작된 어느 날, 담임선생님은 나를 교무실로 부르더니 나에게 특별한 임무 한 가지를 부여했다. 매일 1교시 전 아침 자습 시간을 통해서 학생들이 한자를 익힐 수 있도록 학급 칠판에 상용 한자를 써 놓으면 좋겠다는 말씀이었다. 담임선생님의 부탁은 내가 입학 성적이 우수했던 이유도 있었겠지만, 누구보다도 성실하고 믿음직한 학생이라고 생각해서 나를 지목했던 것 같다. 나는 그동안 틈틈이 한자 공부를 해왔기 때문에 선생님의 부탁이 그리 어려운 일이라는 생각이 별로 들지 않았다. 담임선생님의 지시대로 나는 매일 아침에 등교하자마자 교실 칠판에 한자 쓰기를 시작했다.

입학과 함께 새 학기가 시작되고 빠르게 한 학기가 지나갔다. 실업계 고등학교의 특성상 공부 외에 실습 등의 다양한 활동들이 많다 보니 상대적으로 공부할 수 있는 시간은 많이 줄어들었다. 게다가 학생들도 여러 가지 활동에 참여하면서 자연스럽게 공부 이외의 분야에 더 관심을 가지게 되었다. 실업계 고등학교의 여건상 공부에 전념할 수 있는 환경은 아니었으나 공부를 소홀히 해서는 안 되겠다는 생각으로 공부의 무게 중심을 잡아 나갔다.

실업계 고등학교의 특성상 시간이 많이 나기 때문에, 평소에 좋아하던 상용한자를 익히며 공부도 하고, 독서도 좋아하는 편이라, 삼국유사, 구운몽, 허생전, 박씨전 등 고전 소설류와 장길산, 임꺽정 같은 대하소설, 그리고 헤밍웨이의 노인과 바다, 도스토옙스키의 죄와 벌, 존 번연의 천로역정, 세르

반테스의 돈키호테, 입센의 인형의 집 등 주옥같은 명작소설들을 꾸준히 읽어 나갔다. 특히, 인형의 집을 읽으면서는 유럽의 봉건사회도 우리의 전통사회 못지않게 여성 차별의 사회적 불평등이 극심했음을 알게 해 준 작품이다.

1970~80년대는 지금처럼 책을 쉽게 구하기가 어려웠던 시절이었기 때문에 책을 좋아하는 몇몇 친구들이 읽고 있던 책을 윤독 형식으로 빌려 읽거나, 친구들 집에 어떤 책이 있는지를 수소문해서 잠시 빌려서 읽곤 했다. 만약에 인문계 고등학교 출신이었더라면, 국어, 영어, 수학 등의 주요 과목에 집중해야 했기 때문에 책을 읽을 기회가 생각처럼 많지 않았을 것이다.

07

고등학교 때 추억들

• 품앗이와 농촌 봉사 체험 활동

자신은 자신이 가장 잘 안다고 한다. 나는 두뇌가 그리 명석한 편은 아니었어도 공부하는 것을 싫어하지는 않았다. 가정이지만, 내가 좀 넉넉한 집안에서 태어났더라면 지금보다는 좀 더 좋은 위치에 가 있지 않았을까 하는 생각을 해 본 적도 있다.

농업고등학교에 입학을 결심할 때부터 일(노동)을 어느 정도 할 것이라고 예상은 하고 있었지만, 막상 입학하고 보니 실습 명목으로 일하는 시간이 예상을 뛰어넘었다. 공부하는 시간보다 일하는 시간이 훨씬 많았는데 이런 낯선 실업계 교육과정에 쉽게 적응이 되지 않았다. 더구나 1학년 때는 매주 수요일은 현장 체험학습이라는 명목으로 아예 등교하지 않고 각자 집에서 보냈다. 그러다 보니 학교에서의 학업 분위기는 갈수록 흐트러지고 공부보다는 농사 농(農) 자와 친해지는 분위기가 형성되었다. 게다가 학부모님들의 다수가 농사를 지으며 살아가고 있는 현실도 이러한 분위기를 재촉했다.

농번기가 시작되고 농촌 일손이 부족해지면서 학생들 사이에 주말과 휴일을 이용해서 부모님들의 부족한 일손을 돕자는 분위기가 생겨나기 시작했다. 부모님 일손 돕기가 처음에는 일손이 부족한 친구네 집을 직접 방문해서 잠깐 도와드린다는 명분으로 시작되었으나 점차 품앗이 형태로 발전했다.

모내기철의 경우에는 서로 소그룹을 만들어서 집집이 순회하면서 모내기 작업을 돕는 방식으로 이루어졌다. 처음에는 농사일이 서툴러서 고생하던 친구들도 점차 일에 익숙해지면서 금세 일의 능률이 높아져 갔다. 부모님 일손 돕기는 시간이 지날수록 확대되어 모내기뿐 아니라, 고추를 따고 과수원에 가서 소독하는 일까지 다양하게 이루어졌다.

실업계 고등학교의 특성상 학급 변동 없이 급우들이 3개년을 내내 함께 생활하면서 일손 돕기 활동의 빈도도 더욱 잦아졌고, 서로의 집 방문을 통해서 우정은 더욱 돈독해지고 많은 추억을 쌓는 계기가 되었다.

최근에 회사마다 인재를 선발하는 과정에서 직업 기초능력 평가를 통해서 의사소통 능력이나 협업 능력, 문제해결 능력 같은 직무수행에 필요한 기본능력을 파악하는 사례가 급증하고 있다. 돌이켜보면, 직무수행에 필요한 이와 같은 능력 요소들이 고등학교 시절 품앗이 일손 돕기 활동을 통해 자연스럽게 배양된 것이 아닌가 하는 생각을 해 본다.

• 학도호국단 단상(斷想)

1975년 3월에 DMZ 인근에서 북한군이 파 내려온 제3땅굴이 발견되고, 4월 30일에는 남베트남의 패망 소식이 들려왔다. 이에 박정희 정권은 급변하는 안보 상황을 빌미로 자주국방, 총력 안보, 멸공 통일이라는 기치 아래, 전국의 모든 학교에서 운영하고 있던 학생회 제도를 모두 없애버렸다. 그리고 고등학교 및 대학교에 학도호국단을 조직하여 반공 이데올로기 교육을 강화하고 교련과목을 신설하여 학생들에게 군사교육을 실시했다. 학도호국단 조직이 신설되자, 학생회 간부의 학생회장, 부회장 호칭을 없애버리고 대신에 군대식의 연대장, 대대장, 중대장 등의 호칭으로 바꾸고 학생들은 학도라고 불렀다.

일선 학교에서는 교련 교육이 강화되고 매주 제식훈련과 총검술, 열병식, 분열식, 행군 등 군사훈련은 중요한 교육과정으로 자리매김하게 되었다. 특히 총검술은 교련 시간마다 찌

르기, 베기, 개머리판으로 치기 등의 살상 동작을 반복해서 연습했고, 대열에서 한 사람이라도 동작이 틀리면 어김없이 전체 학생이 빳다(?) 세례를 받았다. 그리고 학생들에게 인기가 많았던 소풍도 사라지고 대신 군대식 행군을 실시했다. 학생들은 얼룩무늬 교련 복장을 착용하고 그 위에 위장망까지 둘러서 총을 메고 학생 중대장의 호령하는 구호에 맞춰 대열을 이뤄 목표 지점까지 보무당당하게 걸었다. 모든 학생들이 참여하는 교련 교육은 여기서 끝나는 게 아니었다. 교련 실기대회라는 것을 개최하였는데 각 학교의 대표들을 출전시켜 남학생은 총검술과 제식훈련을 보여주고, 여학생은 흙먼지가 날리는 운동장에서 가상의 부상병을 상대로 응급 처치하는 시연(示演)을 했다.

일선 학교에는 철조망으로 둘러싼 자체 무기고가 있었고, 그 안에는 격발장치가 제거된 M1총, 카빈총, 플라스틱 총, 목총 등이 보관되어 있었다. 교련 시간이 시작되면 무기고 앞에 줄을 서서 용도에 맞춰 무기를 지급받아 훈련에 들어갔다.

당시 교련 교육은 정상적인 학사 일정까지 무시하고 오전 수업을 마친 뒤에 오후에는 군사훈련만 하는 날이 허다했다. 그러나 이러한 파행적인 군대식 학교 교육에 관해 이의를 제기하거나 항의하는 사람은 아무도 없었다. 정부가 주도하는 군사교육은 초등학생 때부터 반공교육이라는 이름과 함께 귀에 딱지가 지도록 들어왔다. 그래서 공산당은 날카로운 이빨을 가진 늑대처럼 무섭고 피부도 빨간, 말 그대로 '빨갱이' 라고 믿고 있었다. 내가 중·고등학교 시절을 보낸 1970년대 대한민국의 자화상이었다. 이처럼 획일적이고 파행적으로 운영되어 오던 일선 학교의 학도호국단 제도는 1985년까지 10년간 정부 주도로 시행되어 오다가 폐지되었다.

• 왕복 54km를 자전거로 통학

고등학교 입학 후 보은읍의 외할머니 댁에서 별다른 문제없이 1학기까지는 그럭저럭 다닐 수 있었다. 그러나 2학기가 시작되면서 외할머니에게 더 이상 불편함과 부담을 끼쳐서는 안 되겠다는 생각이 들어서 통학 방법에 대해 고민하기 시작했다. 고민 끝에 집에서 다시 통학하겠다고 결심하고 막상 통학하려니까 큰 불편은 없었지만 매일 같이 들어가는 버스 요금 부담이 가장 컸다.

통학 당시 미원에서 보은까지 편도 일반요금이 400원이었고, 학생 요금은 50% 할인된 210원이었다. 왕복 요금으로 매일 420원씩 지출해야 했다. 푼돈처럼 보일 수도 있지만 어려운 집안 형편에서는 적지 않은 부담이 되었다.

2학년의 새 학기가 시작되고 봄이 무르익어가는 4월 어느 날, 자전거 통학을 하려고 하는데 중고 자전거를 사 주시면 좋겠다고 조부님에게 말씀을 드렸다. 조부님은 깜짝 놀라 그 먼 거리를 어떻게 자전거로 통학하려고 하느냐면서 손사래를 저으셨다. 자전거를 사 주면 안전하게, 조심스럽게 할 자신이 있다고 거듭해서 말씀을 드렸더니 승낙해 주셔서 2만 원짜리 중고 사이클을 새로 샀다.

나는 자전거를 사기 전에 먼저 손익계산을 해 보았다. 중고 자전거를 새 자전거의 절반 값인 2만 원에 샀을 때 투자금(?)을 회수하기 위해서는 두 달 넘게 자전거 통학을 해야 할 것 같았다.

4월부터는 낮이 길고 날씨도 험악하지 않아 자전거 타기에 딱 좋은 계절이기 때문에 곧 자전거를 타고 통학을 시작했다. 집을 출발점으로 보은읍 학교까지의 거리는 27km가 넘어서 왕복으로 치면 50km가 더 된다. 결코 짧은 거리는 아니었다. 출발해서 학교에 도착하기까지는 1시간이 넘게 걸렸다. 등교할 때는 주로 내리막이어서 1시간이면 족히 도착할 수 있었으나, 하교 후에 집으로 돌아오는 길은 반대로 오르막이 많아서 시간이 좀 더 걸렸다. 상식적인 시각에서 보면 자전거 통학이 쉽지 않은 무척 먼 거리다. 그러나 나는 각오가 단단히 서 있는 터였기 때문에 힘에 부친다는 생각은 전혀 하지 않았다.

이렇게 자전거 통학을 시작하면서 자전거 구매 비용 2만 원도 2개월 만에 보전했을 뿐만 아니라, 체력 단련, 인내심과 끈기 등 그 이상의 많은 것을 얻어내는 계기가 되었다.

자전거 통학을 통하여 자신이 설정한 목표를 성취하기 위해서는 반드시 이루어내고 말겠다는 굳은 의지와 포기하지 않고 끝까지 실천하는 인내심이 중요하다는 사실을 깨닫게 되었다. 또 인생을 살아가기 위해서 가장 중요한 할 수 있다는 자신감과 의지를 단단히 하는 기회가 되었고, 신념의 힘이 얼마나 중요한지를 터득하는 계기가 되었다.

• 참혹했던 보은 대홍수

1980년 7월 22일은 2학년 여름방학이 시작되던 날이었다. 이날은 몇 명의 친구들과 함께 보은군 탄부면 매화리에 살고 있던 학급 친구의 집을 방문하기로 약속이 되어 있었다. 친구가 직접 재배하여 수확한 수박도 맛보고, 방학의 즐거움도 만끽하고 싶어서였다. 우리 일행은 종업식을 마치고 서둘러서 탄부행 시내버스를 탔다. 장마가 거의 끝나갈 무렵이었음에도 버스를 타자마자 장대비가 내리기 시작했다. 굵은 빗방울은 시간이 갈수록 더 굵어지며 점차 앞을 분간하기 어려울 정도로 억수같이 쏟아졌다. 목적지에 도착했을 때는 하늘에 구멍이 뚫린 듯이 비가 무서울 정도로 굉장히 퍼부었다. 시간이 지나도 멎을 기미를 보이지 않고 계속해서 내렸다. 이렇게 몇 시간을 퍼부었던 장대비는 날이 어두워지고 밤 10시가 넘어서야 비가 완전히 그쳤다. 얼추 열 시간 가까이 정말 엄청난 비가 내렸다.

텔레비전에서 뉴스 특보가 나왔다. 보은지방에 열 시간 가까지 700mm 이상의 집중호우가 내리면서 다리가 무너지고 하천

제방이 무너져 보은읍 전체가 물에 잠겼다는 것이었다. 읍내 위쪽에 있는 장유 저수지 둑이 터지면서 엄청난 물이 갑작스레 흘러내려 다리가 끊어지고, 둑 제방이 무너져 시내가 물에 잠기고 수십 명이 실종되었다는 소식이 속보로 전해졌다.

다음날, 아침 일찍 집으로 돌아가려고 길을 나섰는데 도로가 물에 잠겨 있거나 군데군데 유실되어 차편이 완전히 끊긴 상황이었다. 나는 어쩔 수 없이 읍내까지는 걸어서 가는 수밖에 없었다. 하천 둑을 따라 걸어가고 있는데, 논둑이 터져 넓은 들판의 초록빛 벼들이 물에 잠겨 잿빛으로 변해 있고, 멀리 보이는 산자락마다 산사태가 나서 벌건 속살을 드러내고 있었다. 큰물이 어지간히 빠진 개천 바닥에 시신이 널브러져 있는 참혹한 광경도 여럿을 목격했다. 대홍수가 할퀴고 간 처참한 현장을 목도하는 순간이었다.

가깝지 않은 40리 길을 걸어서 읍내에 도착하고 보니 읍내의 상황은 말이 아니었다. 시내 다리가 끊어지고 둑이 터져 읍내로 들어온 누런 황토물이 물이 가득 고여 있어 상가마다 아수라장 그대로였다. 거기다가 흉측한 소문까지 돌았다. 홍수에 떠내려간 사람들이 수십 명은 된다는 것이었다.

이런 와중에 나 역시 어려움에 빠졌다. 읍내 외곽도로가 유실되어 교통이 모두 끊긴 상태라 청주행 버스도 운행이 끊긴 상황이었다. 어쩔 수 없이 집에까지 걸어가야 하는 신세가 되고 말았다. 읍내를 출발해서 뛰다 걷기를 반복하면서 약 세 시간 만에 겨우 미원 집에 도착했다. 어제 보은 홍수 소식을 뉴스로 들었던 가족들 모두 걱정이 많았던지 나의 무사 귀가를 진심으로 반겨 주었다.

보은 대홍수 당일 저녁 9시 뉴스에 보은의 수해 소식이 특집 뉴스로 크게 보도되었다. 급류에 휩쓸려 수십 명이 사망 또는 실종되었고, 재산 피해가 200억이 넘을 것으로 추정된다는 소식이었다. 그다음 날, 당시 최규하 대통령이 수해 현장을 직접 시찰하였다. 뒤이어, 하늘을 나는 새도 떨어뜨린다는 무소불위(無所不爲) 권력을 휘두르고 있던 12·12 군사 반란의 주동자 전두환 국보위 상임위원장도 헬기를 타고 와서 보은 수해 지역을 둘러보았으니, 홍수 피해 규모를 짐작하는 것은 어렵지 않다. 1980년 7월 22일, 직접 목격했던 보은 대홍수의 참혹한 장면들은 아직도 기억 속에 생생하게 남아 있다.

• 우리 집의 이발사

조금은 거짓말처럼 들릴 수도 있으나 고등학교 시절 나는 우리 집의 전속 이발사였다. 어머니를 제외하고, 조부님을 포함해서 아버지와 동생들까지 온 식구들의 머리는 내 손으로 깎았다. 집 식구 중에 남자가 일곱 명으로 이발 비용도 적지 않게 들어서 경제적 부담이 적지 않은 상황이었다. 1970년대의 이발 요금이 중학교 때에는 400~500원 정도였으나, 고등학교를 졸업할 무렵에는 이발 요금이 무려 1,000원으로 올랐다.

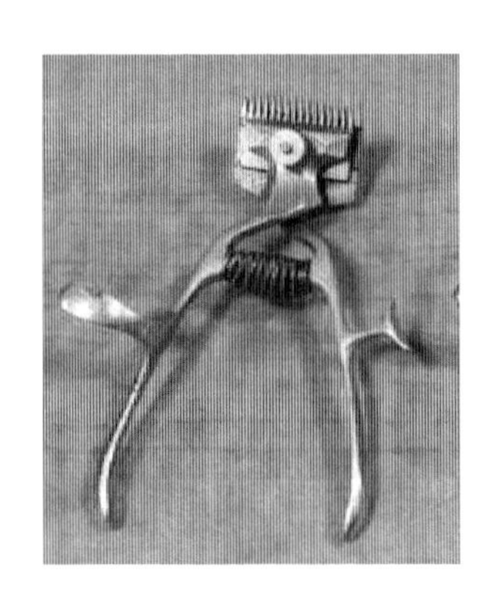

이런 상황에서 매월 부담해야 하는 이발 비용은 결코 적은 돈이 아니었다. 나는 식구들의 이발 요금을 절약할 생각으로 일명 바리캉이라 부르는 이발기를 샀다. 1970~80년대는 아이들이 주로 삭발, 또는 상고머리를 하던 시절이었기 때문에 바리캉과 가위, 빗 정도만 있으면 특별한 미용 기술 없이도 머리 정도는 깎을 수 있을 거라는 느낌이 들었다. 이런 생각으로 바리캉과 가위 등 이발 도구를 사서 동생을 상대로 실습(?)에 들어갔다. 이렇게 머리 깎기를 계속하면서 차츰 솜씨가 늘어나 상고머리나 스포츠머리 정도는 멋스럽게 깎을 수 있는 수준까지 되었다. 그동안 이발관에 가서 머리를 깎던 아버지도 내가 손수 깎아 드린 머리를 보고는 매우 만족스러워했다. 이제부터는 가족들의 머리는 모두 내 손으로 해결할 수 있게 되었고 내 머리만 이발사의 손을 빌리면 모든 게 해결되었다.

현재 미용실 커트 요금을 만 원으로 계산했을 경우, 매월 6~7만 원씩 지출해야 할 이발 요금을 절약할 수 있게 되었으니 가계에 큰 보탬을 주었던 셈이다. 나의 이러한 가족 이발사 역할은 고등학교 때부터 대학을 졸업하기 전까지 계속 이어졌다. 조부님은 1991년에 임종 직전까지도 내가 직접 머리를 깎아 드렸다.

• 직접 빨래하고 다림질까지

요즘은 자신의 교복이나 양말 등을 직접 빨래하는 중·고생들이 있을까 싶다. 간혹 세탁기에 의지해서 세탁하는 학생들이 있을 수는 있겠지만 빨래는 전부 어머니의 몫으로 돌아간다. 학생들은 세탁은커녕, 방 청소며 자고 일어난 이부자리 정돈조차도 엄마가 대신 해주는 세상이 되었다.

그러나 나는 어머니가 자나 깨나 집안일로 눈코 뜰 새 없이 바빴기 때문에 교복을 그때그때 세탁을 해서, 입을 수 있도록 챙겨줄 겨를이 없었다. 조부님의 겨울용 바지저고리를 손질하는 일 하나만도 손이 많이 가야 했다. 그래서 바쁜 어머니한테 빨래를 맡기기 보다는 웬만한 빨래는 차라리 내가 직접 하는 게 낫겠다는 생각이 들었다. 매일 입어야 하는 교복이나 교련복은 간혹 더럽혀지기라도 하는 날이면 보통 문제가 아니었다. 다음날 입기 위해서라도 서둘러 빨아서 말려야 했다. 교복이 더럽혀진 날에는 학교에서 오자마자 교복부터 빨았다.

빨래하고 나서 옷을 아무리 잘 말려도 옷이 구겨진 상태이기 때문에 반드시 다리미로 다려야 한다. 다리미는 요즘의 현대식 다리미가 아니라, 숯불을 담아서 사용하는 재래식 전통 손다리미다. 이 다리미로 옷을 다리려면 숯불을 담아서 후후 불어가며 다려야 하기 때문에 보통 불편하지가 않다. 전통 다리미로 바지의 줄을 세우고 매끈하게 다리려면 어느 정도 솜씨와 요령이 있어야 한다. 빨래할 때마다 옷을 다려서 입다 보니 옷을 다리는 솜씨도 시나브로 좋아졌다.

반듯하게 잘 다려진 옷을 입고 집을 나서면 무엇보다 기분이 좋았다. 또 상대하는 사람들에게도 깔끔하다는 인상을 줄 수 있다는 생각이 들어서 기쁨도 컸다.

학창 시절을 돌이켜보면, 식구들 뒷바라지로 어머니의 손길이 닿지 않는 부분이 너무 많았다. 그렇지만 나 스스로 용모와 복장만큼은 스스로 깨끗하고 단정하게 차려입고 다녀야 한다고 생각했던 것 같다. 세 살 버릇 여든까지 간다는 말이 있다. 손수 빨래하고 옷도 직접 다려 입었던 생활이 몸에 밴 탓에, 지금도 신고 난 양말 같은 간단한 빨랫감은 세탁기에 넣지 않고 내가 손빨래로 그때그때 처리하고 만다. 빨래하는 동안에 팔 운동도 되고, 아내가 해야 할 일을 조금이나마 덜어준다는 장점도 있다. 이러한 좋은 습관이 나의 건강에도 도움이 되고, 화목한 가정을 이루는 데도 일조하고 있으니 참 좋은 일이다.

08

꿈을 향한 새로운 도전

고등학교 3학년 때 담임선생님은 청주고등학교에서 새로 부임해 온 분으로 국어를 가르쳤다. 충북 최고의 명문고에서 근무하다가 전근을 왔기 때문에 선생님의 실력이 뛰어나 보였다. 그러나 담임선생님의 뛰어난 실력은 차치하고, 학생을 위한 관심과 열정은 여러모로 부족했던 것 같다. 고 3의 입장에서 모두가 진로에 고민이 많았던 시기였음에도 학생들을 상대로 진로 등의 상담 활동은 한 번도 이루어지지 않았다. 진로 문제로 고민하는 고3의 중요한 시기에 아무 도움도 받지 못하고 각자 고민을 거듭하다가 엉겁결에 졸업을 해야 했다.

졸업과 동시에 모두가 각자도생의 길로 접어들었다. 졸업을 하자마자 발 빠른 친구들은 공무원 시험 준비에 착수했다. 나 역시 처음에는 공무원 시험에 응시해 볼 생각을 하고 나름의 준비를 하다가 좀 더 신중하게 몇 갈래의 진로를 놓고 숙고한 끝에, 사범대학에 진학해서 교사가 되어야겠다는 결정을 내렸다. 집안 형편이 어렵다고 해서 당장 취업을 선택하는 것보다 내가 원하는 꿈을 꼭 이룰 수 있다면 오히려 대학을 가야 한다는 일종의 역발상을 했다. 중학교 졸업 후 혼자서 새로 도전해본 경험도 했기 때문에 이번에도 각오를 단단히 하면 충분히 해 낼 수 있다는 자신감이 들었다. 대학 진학에 필요한 등록금 문제와 같은 복잡한 생각은 뒤로 미루기로 했다. 한 걸음씩 뚜벅뚜벅 앞으로 나아가다 보면 길이 보일 것이라고 믿고 재수 아닌 재수를 하겠다고 선언했다. 그리고 곧바로 학력고사 준비에 돌입했다.

먼저, 고입 준비를 시작할 때처럼 시내의 중고 서점을 찾아가 학력고사 관련 문제집을 사 왔다. 책값도 아낄 겸 과목마다 내용이 아주 상세하게 기술된, 그리고 분량이 두꺼운 문제집을 골라서 샀다. 여러 권의 문제집을 두루 공부하는 것보다 한 권을 반복적으로 깊이 있게 공부하는 것이 더 효과적이고 책값도 아낄 수 있다는 생각이 들었다. 대입 학력고사 문제집을 사고 나서 이제부터는 고3 수험생들보다 몇 배의 노력을 기울이겠다는 각오로 학력고사 공부를 시작했다. 1982년 3월

새 학기를 앞둔 2월 하순의 일이다.

나는 어떤 것을 해야겠다고 결단을 내리면 목표를 이룰 때까지 꿋꿋하게 참고 나아가는 기질이 있다. 학력고사 시험을 준비하는 동안에도 여름철 한두 번의 슬럼프를 제외하고는 공부 과정에서 큰 어려움은 없었다. 다만 혼자서 공부하다 보니 기초가 부족한 수학이나 영어가 문제였다. 그나마 영어는 성문 영어 문제집을 통째로 외우다시피 해서 기대한 만큼의 점수는 나왔다. 그러나 수학은 해법수학 문제집으로 혼자서 풀려니까 기초가 부족해서 막히는 부분이 한두 군데가 아니었다. 실업계 고등학교 출신이 겪어야 하는 운명이었다. 혼자서는 이른바, '넘사벽'처럼 생각되어 여름방학이 시작될 무렵부터는 수학은 포기하기로 마음먹었다. 그 대신에 나머지 과목에 집중해서 수학에서 잃은 점수를 만회하는 쪽으로 공부 전략을 바꿨다. 비록 수학을 포기하더라도 나머지 과목에 집중하면 수학에서 실점한 점수를 충분히 만회할 수 있다고 판단하고 실천에 옮겼다.

2학기에 접어들어 체력장 원서를 썼다. 대입 학력고사 총점 340점 중에서 체력장 점수가 20점이었다. 모교를 방문해서 원서를 접수했는데 시험 날짜는 차후에 통보하게 되어 있었다. 며칠 후, 옆 동네에 살고 있던 일 년 후배가 체력장 날짜를 알려 주었다. 그 날짜에 맞춰 체력장 시험을 치르러 갔더니 하루 전에 이미 체력장 시험이 끝났다는 것이었다. 후배가 체력장 날짜를 잘못 알려준 것이었다. 낭패를 봤다는 사실에 어처구니가 없었고 후배가 원망스럽기도 했다. 그러나 이미 엎질러진 물이라 어쩔 수가 없었다. 결과적으로 20점 만점 가운데 시험장 불참으로 5점을 실점하고 기본 점수 15점을 얻은 것으로 만족해야 했다. 아쉬움이 너무 컸지만, 학력고사 시험에서 조금이라도 더 만회하는 수밖에 다른 도리가 없다는 생각으로 이를 악물고 더 열심히 학력고사 준비에 박차를 가했다.

09

집안의 마중물이 되어 준 동생

집안 형편이 어려운 현실에서 6남매를 낳아 키워야 하는 부모님은 허리 펼 날 없이 일해도 생활 형편이 나아질 기미가 없었다. 자식들은 하나둘씩 성장해 가고 상급학교에 진학도 해야 하는 힘겨운 시간의 연속이었다.

집안의 맏아들이 중학교를 졸업하고 고등학교에 진학하겠다는 꿈을 키워주지 못한 부모님의 처지에서 보면, 동생들의 상급학교 진학 문제는 난관에 봉착할 수밖에 없었다. 이런 상황에서 동생도 중3이 되어 진학 문제로 고민에 빠지기 시작했다. 공부는 하고 싶어 하는데 학비 문제에 가로막혀 고등학교 진학이 쉽지 않아 보였다. 어떻게 하면 진학할 수 있는지 고민을 거듭하던 중에 새로운 길이 열렸다. 3년 동안 학비와 숙

식비까지 제공해주는, 경북 구미에 설립된 금오공업고등학교가 고등학교 진학의 꿈을 가져다주었다.

1970년대 박정희 정부는 산업화를 위한 기술 인재를 양성한다는 목표 아래 전국 곳곳에 공업계 고등학교를 설립하고 국가적 차원에서 전폭적으로 지원하였다. 그런 중에서 박정희 대통령의 고향인 구미에 설립된 금오공업고등학교는 명성이 대단해서, 전국의 중학교에서 최상위권 학생들이 대거 지원하는 명문 공업계 고등학교로 이름을 날리고 있었다. 금오공업고등학교의 인기는 중학교 수학여행의 필수 견학 코스로 추천받을 정도였다. 금오공업고등학교 재학생들은 3년간 학비가 전액 무료에다 기숙사까지 제공받을 수 있었기 때문에 학부모의 학비 부담이 전혀 없는 전국을 대표하는 공업계 고등학교였다. 졸업 후에는 공무원 수준의 급여를 받으면서 기술 하급 장교로 5년간 복무하는 특전이 주어져 성적은 매우 우수하지만, 집안 형편이 어려워 학업을 지속하기 어려운 학생들이 대거 지원했다.

이러한 배경으로, 1981년 중학교를 졸업한 동생은 금오공업고등학교에 진학하게 되었고, 1984년 2월에 졸업식을 마치고 곧바로 기술 하급 장교로 임용되어 직업군인으로서 군 생활을 시작했다.

어려운 집안 형편으로 공업계 고등학교를 진학해서 부모님의 부담을 덜어준 동생이, 졸업 후 곧바로 기술 하급 장교로 임용되어 얼마 안 되는 급여를 받으면서도 급여의 얼마씩을 모아 집으로 보내주었다. 집으로 보내준 10만 원권 우체국 소액환은 어려운 집안 살림에 마중물이 되었고, 동생이 보내주는 돈은 곤궁한 집안 형편에 숨통을 트이기 시작하면서 집안 살림에 마중물이 되었다.

고등학교를 졸업하고 곧바로 입대하여 힘들게 군 생활을 하면서 값진 월급을 떼어서 집안의 급한 생활비나 형제들의 학비로 보태 쓸 수 있도록 보태준 덕분에, 나 역시 4학년 동안 대학을 다니는 동안에 등록금과 생활비 걱정을 상당 부분 덜 수 있게 되었다. 동생이 지원해 준 소중한 지원금은 교원임용 시험을 준비하는 과정에서 천군만마의 큰 힘이 돼 주었다.

제3부. 새로운 세상을 향하여

01

학력고사 응시와 국어교육과 합격

나의 진로를 좌우하는 대학 입학 학력고사 시험일이 다가왔다. 학력고사 시험은 청주 세광고등학교에서 치렀다. 시험 당일 시골집에서 나오려면 수험장 입실 시간에 맞추기가 쉽지 않다고 판단하여 시험 전날 청주 우암동의 이모할머니 댁에서 잤다. 할머니께서 아침밥을 정성스럽게 차려 주시고 점심 도시락까지 잘 챙겨 준 덕분에 시험을 더 잘 볼 수 있었다. 〈시험을 잘 볼 수 있도록 정성스럽게 아침밥을 챙겨주시고 점심 도시락을 싸 주신 할머니의 은혜는 잊지 않고 늘 가슴속 깊이 새기고 있다〉

대입 학력고사 시험을 치르고 한 달 후에 점수가 나왔다. 340점 만점 기준으로 225점을 얻었다. 실업계 고등학교를 졸업하고, 입시 학원에 기대지도 않고 독학으로 시험을 준비해서 얻은 점수로는 기대 이상의 좋은 결과라고 생각되었다. 더구나 배점 비중이 높은 수학을 포기한 상태에서 치른 시험 결과라 최대치의 성적표라고 보았다. 체력장 불참으로 실점한 5점을 보탰더라면 하는 아쉬움이 더 크게 느껴지는 순간이었다.

이제 대학에 원서를 접수해야 하는 중요한 시간이 다가왔다. 학력고사 점수 225점은 서울권의 삼국 대학으로 불리는 동국대, 건국대, 단국대의 낮은 점수의 학과 정도는 지원할 수 있는 성적이었다. 충북대학교 사범대학의 국어교육과 등 인기 학과를 제외하고, 윤리교육과나 교육학과 등의 학과는 지원해볼 만한 점수였다. 1982년 전국의 4년제 대학 대부분이 입학전형 비율 학력고사 70%와 고등학교 내신 30%를 반영하고 있었다.

나는 고등학교 내신이 1등급이었기 때문에 같은 점수대의 학생들보다는 상대적으로 유리한 조건이었다. 욕심 같아서는 충북대 국어교육과에 지망하고 싶었지만, 합격 가능성이 너무 낮았다. 내신 1등급으로 부족한 학력고사 점수를 상쇄한다고 해도 국어교육과의 예상 컷 점수인 230점에는 훨씬 못 미치는 점수였다. 차선책으로 국어교육과보다 합격선이 낮은 윤리교육과에 1지망을 쓰고 2지망을 교육학과로 정해서 응시원서를 접수했다. 그러나 응시 결과는 낙방이었다. 입시 결과를 보니 불과 3~4점 차이로 아쉽게 탈락한 것으로 드러났다. 체력장 점수 5점만 실점하지 않았어도 합격할 수 있었는데 하는 아쉬움과 실망감을 지울 수가 없었다.

이제 낙심은 접고 새로운 돌파구를 찾아야 했다. 다행스럽게도 청주에 후기대학이 있었다. 1980년대의 대학 입학전형은 전기와 후기로 나뉘어 있었다. 주요 대학들은 전기에 신입생을 뽑고 후기에 선발하는 대학은 손꼽을 정도였다. 당시 청주사범대학(1989년에 서원대학교로 교명을 변경함)은 후기 모집 대학으로 내가 지원하고자 하는 국어교육과가 개설되어 있었다. 청주사범대학은 사립대학이지만 국립 공주사범대학과 함께 전국의 단 두 개뿐인 단과 사범대학이었기 때문에, 인지도가 비교적 높은 편이었다. 한 가지 걸림돌이 있다면 사립대학이라서 등록금이 좀 비싼 게 흠이었다.

국어교육과를 기준으로 보면, 합격선이 충북대학교 국어교육과보다 대략 10여 점이 낮았다. 내 점수가 합격 안정권에는 들 것으로 판단했다. 왜냐하면 전형 비율이 학력고사 점수 60%와 내신 성적 40%를 반영함으로써 내신 비중이 높아서 크게 유리했다. 국어교육과에 지원하면 안정권은 아니라도 합격은 충분히 가능하다는 생각이 들었다. 그렇다고 안심할 수 있는 상황은 아니었지만, 청주사범대학 국어교육과에 응시원서를 접수했다. 곧 합격자 발표가 나고 청주사범대학 국어교육과 합격통지서를 받았다. 마침내 고대하던 사범대학에 합격하는 꿈을 이루었고, 교사의 꿈을 이루기 위한 첫발을 내딛는 벅찬 순간을 맞았다. 국어교육과 합격은 나의 진로를 새롭게 설정해주는 희망의 출발점이 되었다. 그러나 그 기쁨도 잠시뿐, 대학 입학 등록금 마련이라는 큰 고민거리가 앞을 가로막고 있었다.

02

대학 등록과 입대(入隊)

청주사범대학 국어교육과 합격통지서를 받자마자 61만 원의 등록금 납부고지서가 집으로 날아왔다. 집안 형편을 고려할 때 쉽게 마련할 수 없는 엄청난 돈이었다. 1983년 당시 60만 원이라는 돈이 얼마나 큰 금액인지를 예를 들어본다. 2020년 기준 암소 1등급 기준 한 마리 가격이 800만 원 선에서 거래되고 있다. 1983년 암소 한 마리 가격이 평균 100만 원을 넘었고, 송아지 가격은 마리 당 60만 원 선이었다. 40년 가까이 시간이 흐르는 동안에 암소 가격이 8배 이상 올랐다고 보면 된다. 농촌에서 암소 한 마리를 팔아서 1년 치 등록금을 마련하던 당시와 소 가격이 비슷하게 맞아떨어진다.

나의 입학 등록금을 마련하기 위해 동분서주하고 있던 차에 공교롭게도 우리 집의 재산 목록 1호인 암소가 원인 모르게 갑자기 죽었다. 집안 어른들이 큰 충격에 빠졌지만 어쩔 수가 없는 일이었다. 그날 아침에 급히 수소문해서 집으로 찾아온 소 장사꾼과 흥정 끝에 정상 가격의 반값에 해당하는 60만 원에 낙찰이 되었다. 나중에 안 사실이지만 아버지는 아들의 등록금 납부 금액을 마지노선으로 정해서 흥정했던 것 같다. 불행 중 다행이라는 말이 어울리지는 않지만 재산 목록 1호였던 죽은 소를 팔아서 급한 불은 끌 수 있게 되었다. 죽은 소를 팔아 마련한 60만 원 전액을 등록금으로 납부 하면서 대학 입학을 위한 1차 관문은 가까스로 통과할 수 있었다.

이렇게 해서 등록금 문제는 해결이 되었으나, 집안의 입장에서는 큰 난관에 봉착하는 상황이 벌어졌다. 그동안 논밭을 가는 힘든 일은 소가 맡아서 해 왔는데 갑자기 소가 없어졌으니 농사를 지으려면 보통 문제가 아니었다. 결국 남의 소를 키워주는 조건으로 소를 구하면서 일단의 어려움을 수습할 수가 있었다.

갑자기 죽은 소를 팔아 등록금을 납부하고 난 뒤에, 곧 다가올 봄 농사를 지을 걱정으로 집안은 무척 어수선한 분위기였다. 이런 집안 분위기 속에서 교사가 되어야겠다는 간절한 꿈을 3년 뒤로 미루고 대학 입학 대신 병역 의무를 이행하기 위해서 휴학계를 제출했다.

03

군대 생활과 짝퉁 대학생

• 촌놈이 세상에 눈을 뜨다

신입생 입학식을 일주일 남겨둔 1983년 2월 24일 이른 아침, 나는 군 복무를 수행하기 위해 집을 나설 준비를 했다. 먼저 조부님과 부모님 앞에서 작별 인사를 드리고, 동생들에게도 최선을 다하라는 말로 당부의 인사를 건네고 집을 나서자 조부님은 군에 보내는 맏손자의 안부를 걱정하면서 눈시울을 붉히셨다. 우수(雨水) 절기가 갓 지나간 이른 봄날, 나는 가족들의 따뜻한 배웅을 받으며 비장한 발걸음으로 집을 나섰다. 청주행 버스를 타고 증평 37사단 신병교육대로 발걸음을 향했다. 입소 시간인 오후 2시에 맞춰 신병교육대 정문을 들어서면서 비로소 30개월의 군 생활이 시작되었다.

나는 증평훈련소에서 6주간의 신병 교육과정을 무사히 끝내고 수료식을 거쳐, 4월 5일 서울경찰청 기동대에 배속되었다. 신병교육대 동기생들이 특전사와 전방부대, 교도관 등으로 차출된 것이 비하면 나는 비교적 무난한 곳에 배속이 된 것 같아 다행이라는 생각이 들었다.

서울경찰청으로 배속받은 우리 일행은 서울행 야간열차를 타고 밤 12시 용산역에 도착해서 곧바로 종로구 내자동의 서울기동대 본부로 향했다. 잠시 쉴 겨를도 없이 도착한 이튿날부터 다시 2주 동안 옛 서울고등학교 운동장에서 새로운 교육 훈련이 시작되었다. 이 훈련은 대학생들의 시위를 진압하기 위한 체포술과 진압 봉술, 방패술, 진압 대형 등의 다양한 진압 전술을 연마하는 진압훈련이었다. 약 2주간의 시위진압 훈련을 수료한 후, 곧바로 서울기동대 소속 83 사복 중대에 편입되어 나의 군 생활은 본격적으로 시작이 되었다.

서울경찰청 기동대에 배속된 당시의 사회적 상황을 살펴보면, 전두환 독재정권이 1980년 5월 18일 광주 시민들의 민주주의를 향한 뜨거운 외침을 폭력으로 진압하고 나서 민주주의를 말살하고 야만적인 인권 탄압을 자행하던 시절이었다. 전두환 일당의 5.18 광주 시민 학살을 지켜본 시민들과 대학생들이, 무고한 시민의 생명을 무참히 짓밟은 잔인무도한 전두환 정권을 향해 광주학살 진상 규명과 책임자 처벌, 정치적 민주화를 요구하는 시위를 세차게 전개하고 있었다.

이처럼 학생과 시민들의 저항이 계속되는 혼란스러운 상황에서 전두환 정권은 국가공권력을 부당하게 동원하여 민주주의를 외치는 시민들과 대학생들을 무자비하게 탄압하고 불법 구금하는 등 야만이 자행되고 있었다. 특히, 정부는 대학생들의 시위를 원천적으로 차단하기 위해 사복 경찰을 대학의 구내식당과 서점, 중앙도서관 등 대학 곳곳에 잠복 배치해서 학내의 시위 움직임과 운동권 학생들의 동향을 감시했다. 서울대, 고려대, 연세대 등 주요 대학에는 사복 경찰이 학내에 아예 24시간을 상주하다시피 했다. 이렇게 시국이 점점 혼미한 국면으로 빠져드는 와중에 연세대학교를 전담하는 사복(私服) 부대에 배속되어 군 복무를 시작하게 되었다.

연세대학교 사복 중대에 배치된 후, 나는 30개월의 군 복무를 마칠 때까지 대학생 신분이 아닌 가짜 대학생으로 대부분의 시간을 연세대학교 캠퍼스에서 보내게 되었다. 소위 말하는 짝퉁 대학생이 되었다. 공휴일을 제외하고 대학생들이 등교하는 날에는 학생들의 등교 시간에 맞춰 출근(정확한 표현은 '출동'임)했다가 학생들이 하교하는 5시 이후에 부대로 복귀하는 임무를 반복 수행했다.

연세대 캠퍼스로 출동한 후에는 주로 대학 내 학생들의 집회나 시위 동향을 파악하고 시위를 주도하는 학생들의 인상착의나 동선(動線)을 상부에 보고하는 업무를 수행했다. 학내 시위가 없는 조용한 날의 경우에는 대학생들과 똑같이 자유롭고 일상적인 시간을 보냈다. 가끔 백양로를 걷기도 하고, 학생회관에서 100원짜리 자판기 커피를 마시면서 책도 읽을 수 있었고, 짬짬이 고향의 가족들에게 안부 편지를 쓰기도 했다. 점심시간이 되면 구내식당에서 학생들과 함께 식사도 했다. 가끔은 수강 학생의 출석 체크가 없는 채플 강의나 저명인사의 초청 강연이 있는 날에는 학생들과 함께 뒤엉켜 강연도 들었다.

전두환 독재정권에 맞서 비판과 저항의 목소리를 꺾지 않았던 함석헌 선생과 문익환 목사의 시국 관련 강연이 있는 날은 대학생들과 일반 시민들이 강연을 듣기 위해 엄청나게 몰려들었다. 입추의 여지없이 가득 찬 강연장에서 청중들과 뒤섞여 강연을 듣는 날도 꽤 많았다. 이런 뜨거운 강연 열기 속에 파묻혀서 시대의 어둠을 밝히는 선각자의 목소리를 직접 들을 수 있었다는 것은 참으로 행운이었다.

참고로, 함석헌 선생은 월간 교양지, 「씨알의 소리」 편집인이며 일제 식민지 당시 독립운동가로 활동하였고, 해방 후 비폭력 인권운동을 전개하여 '한국의 간디'로 불리기도 했다. 또한 기독교와 동서양 문명을 심층적으로 연구한 종교 사상가이며, 70~80년대에는 독재정권에 저항한 민주투사였고, 역사와 정치, 종교, 사회문제 등 다방면에 글을 쓴 저술가로도 활동한 시대의 선각자였다. 함석헌 선생은 민주주의 발전에 크게 이바지한 공적으로 2002년 김대중 대통령이 건국훈장을 추서하였다. 함석헌 선생이 민족주의자로 평생을 살아오면서 자신이 직접 쓴, 「그대 그런 사람을 가졌는가」라는 시를 쩌렁쩌렁한 목소리로 낭송하던 결의에 찬 선생의 모습은 시간이 아무리 흘러가도 잊을 수가 없다.

잠깐, 함석헌 선생의 시(詩), 「그대 그런 사람을 가졌는가」라는 시를 소개한다.

그대 그런 사람을 가졌는가

만 리 길나서는 길
처자를 내맡기며
맘 놓고 갈 만한 사람
그 사람을 그대는 가졌는가

온 세상이 다 나를 버려
마음이 외로울 때에도
'저 맘이야' 하고 믿어지는
그 사람을 그대는 가졌는가

탔던 배 꺼지는 시간
구명대 서로 사양하며
"너만은 제발 살아다오" 할
그 사람을 그대는 가졌는가

불의의 사형장에서
'다 죽어도 너희 세상 빛을 위해
저만은 살려 두거라' 일러 줄
그 사람을 그대는 가졌는가
잊지 못할 이 세상을 놓고 떠나려 할 때
'저 하나 있으니' 하며
빙긋이 웃고 눈을 감을
그 사람을 그대는 가졌는가

온 세상의 찬성보다도
'아니' 하고 가만히 머리 흔들
그 한 얼굴 생각에
알뜰한 유혹을 물리치게 되는
그대는 그 사람을 가졌는가

이 시는 삶의 진정한 의미가 무엇이어야 하는지에 대한 화두를 던지는 시다. 무료하다 싶을 때마다 읊조리다 보니 어느 순간에 나의 애송시가 되었다.

그 당시 대학생들은 교내에서 잠복근무하는 위장 학생인 우리 사복 전경을 잡새라고 불렀다. 평온한 분위기에서는 학생들과 사복경찰들 간에 불안한 평화가 유지되었다. 그러나 시위가 시작되고 투석전이 벌어지는 긴박한 상황이 전개될 때는 경찰 신분이 노출되어 위험한 상황을 맞이하는 일도 다반사였다.

한편, 광주민주화운동이 무력으로 진압되면서 대학생들의 시위가 한동안 간헐적으로 전개되어 오다가, 1982년 3월에 대학생들의 부산 미문화원 방화 사건이 기폭제가 되어 시위 양상이 점차 격화되기 시작했다. 전두환 정권이 5.18 광주민주화운동을 유혈 진압하는 과정에서 미국의 묵인 내지는 방조가 있었다는 인식이 확산하면서 학내 시위가 반미운동의 성격으로 전개되기 시작했다. 그 시발점이 부산 미문화원 방화 사건이다. 그동안의 대학생 시위가 일부 운동권 대학생들이 연대하는 수준이었다면, 부산 미문화원 방화 사건을 계기로 전국의 대학생들이 연대하여 조직적이고 체계적인 대정부 투쟁을 전개하는 양상으로 확산해 갔다.

대학가의 시위가 점차 격렬해지면서 전경대원들의 시위진압 업무도 갈수록 복잡해지고 학생과 경찰 모두 생명까지 위협을 받는 국면으로 치달았다.

• 군 생활의 역설(逆說)

앞에서 언급했다시피, 1983년 4월 20일 서울경찰청 소속 기동대에 배치된 후에 연세대학교를 주축으로 이화여대, 홍익대 등 신촌 일대에서 벌어지는 크고 작은 집회나 시위 현장에 출동하여 동향을 살피고 상황을 보고하는 첩보 임무를 수행했다. 나에게 주어진 임무를 충실히 수행하면서도 한편으로는 대학생들이 왜 자신의 몸을 던져 시위를 전개하는지에 의문을 가졌다.

연세대학교 민주 광장의 벽보에는 전두환 정권을 비판하는 다양한 내용의 대자보가 수시로 나붙고, 학생회관, 도서관, 백양로 등 학내 곳곳에서 여러 종류의 유인물이 끊임없이 살포되는 상황이었다. 대학생들이 전두환 독재정권에 맞서 투쟁해야 한다는 정당성과 시국의 정세를 진단하고 분석해놓은 다양한 종류의 유인물이 뿌려졌는데 이들 유인물을 수거하는 과정에서 꼼꼼히 읽었다.(유인물을 수거한 후, 그 유인물의 내용을 상부에 보고하는 업무를 맡고 있었다) 대학 곳곳에 살포되는 유인물에는 논쟁 중인 역사적인 사건뿐 아니라, 현 시국에 대한 인식 등 다양한 내용들이 실려 있었다.

예를 들어, 일제 식민지 당시 박정희가 민족을 배신하고 자행한 친일 행적이라든가, 광주민주화운동의 전개 과정에서 전두환 일당이 저지른 밝혀지지 않은 5.18의 진실 등 지금까지 전혀 알지 못했던 현대사의 중요한 사건들에 관한 깊이 있는 정보들이 유인물에 가득 담겨 있었다.

1983년 봄은 5.18 광주민주화운동 3주년을 앞두고 있었기 때문에 진상 규명에 관한 열기가 어느 때보다 뜨거워지던 때였다. 전두환의 광주학살과 관련한 다양한 자료들이 캠퍼스 안에서 유인물로 만들어져 대량으로 살포되고 있었다. 그중에는 광주민주화운동을 소재로 다룬 영화 「택시 운전사」에 등장하는 독일의 힌츠 페터 기자가 5.18 민주화운동 당시 상황을 촬영한 비디오 영상자료도 있었다. 이렇듯, 수많은 유인물과 영상물들이 뿌려지는 가운데, 이미 알려진 사실을 뒤엎는 사건의 진실이 드러나게 됨으로써 시민들의 분노와 충격은 엄청날 수밖에 없었다. 그동안 5.18 광주민주화운동은 불순한 세력들이 개입되어 체제를 전복하기 위해 일으킨 폭동이라고 알고 있었다. 이러한 내용들이 모두 왜곡된 것이었음을 깨닫게 되면서 분노의 여론은 뜨겁게 끓어오르기 시작했다.

가랑비에 옷이 젖는다는 말처럼, 전경 신분이었던 나도 대학생들이 살포하는 유인물을 통해 그동안 전혀 알지 못했던 현대

사적 사건의 실체를 새롭게 인식하게 되었다. 즉 해방 직후 남북의 분단과 미국의 책임 문제, 이승만 정권의 단독정부 수립과 백범 김구 선생의 암살, 반민특위의 실패와 친일 청산의 좌절, 그리고 4.3 사건, 6.25 당시 보도연맹원 학살 사건, 미완의 4.19혁명, 박정희의 친일 행적, 유신헌법과 민주주의 위기, 인혁당 사건 등 그동안 무지하고 몽매했던 대한민국 현대사의 역사적 진실에 대한 통찰력을 키우는 계기가 되었다.

대학생들의 시위는 이승만 독재정권에 대한 저항 운동에서 시작되었고, 전두환 신군부가 자행한 5·18 광주학살의 만행을 기점으로 학생운동이라는 새로운 형태로 발전되어 나갔다. 1982년 3월, 고신대생 문부식과 김은숙 등이 부산 미문화원에 들어가, '미국은 더 이상 한국을 미국의 속국으로 만들지 말고 이 땅에서 물러가라.'라고 외치면서 불(방화)을 질렀다. 이 사건은 한국전쟁 이후 학생들이 제기한 최초의 반미투쟁이었다.

대학생들이 반미투쟁에 나서게 된 배경은 전두환 군부정권의 광주학살이 결정적 계기가 되었다. 학생들은 미국이 전두환의 광주학살을 비호 했다고 규정하는 상황이었다. 미국이 대한민국의 작전 지휘권을 지휘하는 상황에서, 미국의 승인 없이는 전두환 신군부가 광주에 투입되어 무력으로 유혈 진압하는 상황이 불가능했을 것이라는 주장이 설득력을 얻고 있었다. 따라서 학생들 사이에서 미국이 더 이상 우리나라의 민주주의의 수호자가 아닐 뿐 아니라, 미국은 이 땅의 민주화를 위해서 반드시 극복해야 할 대상으로 인식하기 시작했다. 이러한 문제 인식은 해방 전후 이승만 정권의 건국 과정까지 거슬러 올라가 미국이 남북 분단의 원인 제공자였으며, 친일파 청산의 훼방꾼 역할을 충실히 수행한 민족정기 말살의 책임자로 규정하였다.

이같이 미국에 대한 부정적인 인식이 전국의 대학으로 확산하면서 대학생들의 시위는 반미 구호와 함께 날이 갈수록 격화되어 갔다. 전두환 독재 정부는 86아시안게임과 88올림픽을 앞둔 시점에서 고심하지 않을 수가 없었다. 정부는 대학 자율화 정책의 일환으로 학원 자율화 정책을 시행하겠다고 발표하였다. 그에 따라 1975년부터 10년째 시행되어 온 학도호국단은 해체되었고, 그간 폐지되었던 학생회가 부활했다. 전국의 대학가는 부활한 학생회를 중심으로 반정부 투쟁을 위한 연대 조직이 결성되기 시작했다. 그리고 광주학살 책임자 처벌이라는 핵심 이슈를 선정해서 대정부투쟁에 들어갔다. 전국의 대학생들은 전열을 재정비하여 대정부투쟁을 더욱 조직적으로 전개해 나갔다.

1981년 광주학살의 원죄를 안고 출범한 제5공화국 전두환 정권은 학생들과 민주시민들의 저항은 해를 거듭할수록 확산해갔다. 전역을 3개월 앞둔 1985년 5월에는 대학생들이 서울 미문화원을 점거하는 사건이 발생했다. 그에 앞서 4월에 전국대학생총연합(약칭 : 전학련)이 결성되고, 서울대 학생회장 김민

석이 의장으로 선출되었다. 전학련 소속의 대학생들은 80년 광주학살에 대한 미국의 사과와 전두환 정권에 대한 지원을 중단하라고 외치면서 미국의 책임 문제를 강력히 제기했다.

시위 정국은 시간이 지날수록 한 치 앞도 예측할 수 없는 혼돈의 늪으로 빠져들었다. 대학가는 이미 여름방학이 시작되었지만, 시위가 수그러들기는커녕 미국의 광주학살 책임에 대한 사과와 민주화를 요구하는 대학생들의 외침은 갈수록 커갔다. 전경대원들은 상황이 갈수록 급박해지는 비상한 정국 상황 속에서 비상 근무체제로 전환되어 주야간 경비와 주요시설 순찰 활동을 강화하는 등 예사롭지 않은 상황을 마주하고 있었다.

서울의 주요 도심이 민주화를 요구하는 시위대의 점령 무대가 되고 사회적 혼란이 악화하는 상황은 계속되었고, 무더위가 한 발 물러간다는 처서(處暑)를 하루 앞둔 1985년 8월 22일, 만 30개월의 군 복무를 무사히 마무리하고 집으로 돌아왔다.

04

전역 후 막노동의 시간

만 30개월의 군 복무를 무사히 마치고 집으로 돌아왔으나 홀가분한 마음보다는 오히려 심란해지는 느낌이 들었다. 대학 복학 문제가 머리를 무겁게 짓누르고 있었기 때문이다. 입대하기 전에 입학 등록금은 이미 납부 한 상태였으나 앞으로 다녀야 할 4년의 학자금을 마련해야 한다고 생각하니 마음이 복잡해지고 무거워질 수밖에 없었다. 군에 복무할 때는 진로 문제로 신경을 쓸 일이 적어서 몸은 좀 고달파도 마음은 오히려 홀가분했다.

그런데 전역을 하고 새 학기 복학을 앞둔 상황에서 학비를 마련하는 일이 가장 시급한 과제로 대두했다. 1학기 등록금은 이미 납부했기 때문에 큰 문제가 없었으나, 생활비와 2학기 등록금 문제가 어깨를 짓눌렀다. 동생들도 이미 중·고등학생이 되어 부모님의 실질적인 도움을 받아야 하는 현실에서 나까지 부담을 안겨주는 상황은 아무리 생각해도 아니었다.

따라서 한 학기 생활비를 마련하기 위해서는 막노동을 할 수 있는 일자리라도 찾아야 했다. 때마침 반가운 소식을 전해 들었다. 공군사관학교가 서울 방배동에서 청원군 남일면 효촌리로 이전을 앞두고 교사(校舍) 신축공사가 한창 진행 중이라는 것이었다. 건축 현장에 작업 인부들이 부족해서 일하기를 원하는 사람들은 당장 나와서 일을 할 수 있다고 했다. 천우신조라는 생각으로, 다음 날 아침 일찍 공군사관학교 신축공사 현장 사무실을 찾아갔다. 공사 현장의 작업반장은 군말 없이 작업 현장에서 일을 시작하라는 것이었다. 여간 다행한 일이 아니었다.

하루 일당은 현장 잡부들의 일당과 같은 9천 원씩을 지급한다고 했다. 비가 오는 날을 제외하고는 휴일까지 현장 일을 할 수 있다는 말을 듣고 마음에 쏙 들었다. 게다가 작업 현장이 집에서 멀지 않은 곳에 있어서 정말 다행이었다.

1985년 8월 22일 전역한 날로부터 딱 일주일을 쉬고 나서 공군사관학교 건축 현장 일용직 노동자로 막노동을 시작했다. 비가 오거나 특별한 사정이 있어서 바쁜 날을 제외하고 빠지지 않고 노동일을 하러 나갔다. 공군사관학교 신축공사 현장에서 막노동을 시작한 무렵은 공군사관학교 이전을 앞두고 마무리 공사가 빠르게 진행되는 상황이었다. 따라서 추석 연휴를 제외하고는 하루도 쉬지 않고 건축 공사를 계속 진행했다.

한 달이 빠르게 지나갔다. 막노동 현장은 일당이 후 지급 방식으로 만 한 달씩 끊어서 지급했다. 비가 오는 날을 제외하고는 빠지지 않고 현장에 나간 결과, 월 평균 25만 원씩을 3개월 넘게 다니면서 100만 원 가까운 거액의 자금을 모았다. 85년도 문과생 등록금이 60만 원을 약간 초과하는 액수였으니까, 100만 원의 자금은 2학기 등록금과 생활비로 사용할 수 있는 돈이었다. 태어나서 처음으로 경험해 본 막노동 체험이라 비록 힘은 들었지만, 학비를 모을 수 있다는 희망으로 힘들고 어려운 시간을 견뎌 냈던 것 같다.

05

복학과 대학 생활의 시작

• 1학년 예비역 복학생

1986년 3월 2일, 복학 신청 등록을 하고 1학년 신입생(?)이 되었다. 정상적인 코스를 밟은 학생들보다 2년이나 지각한 늦깎이 예비역 대학생으로 1학년의 대학 생활을 시작했다. 정상적인 코스를 밟았더라면 81학번인데 우여곡절을 겪어온 바람에 2년의 세월이 지체되어 까마득해 보였던 5년 후배들과 동급생이 된 것이다.

새내기 신입생들은 대학생이 되었다는 기쁨과 설렘으로 젊음과 낭만을 만끽하며 모두가 신나게 대학 생활을 시작했다. 그러나 나는 즐거워하는 신입생들의 자유분방한 모습을 지켜

보면서 화이부동(和而不同)의 마음 자세로 대학 생활을 해야겠다고 결심했다. 어려운 집안 형편을 뚫고 늦깎이 대학생이 되었기 때문에 애당초 대학 생활의 낭만 같은 것은 사치라는 생각이 들었다. 4년 후, 졸업과 동시에 반드시 교단에 서겠다는 각오를 단단히 다지고 대학 생활의 출발선에 섰다.

내 코가 석 자인 어려운 처지에서 시작한 4년 동안의 대학 생활이기 때문에 학과의 공식적인 것 이외에는 공부에만 집중하기로 마음을 먹었다. 그리고 어떤 상황에서도 내가 세운 원칙은 끝까지 실행하겠다고 다짐했다. 내가 세웠던 원칙의 기준은, 강의 시간은 절대 빠지지 말 것, 고전 문학, 현대 문학 등 한국 문학의 주요 작품은 완전히 독파할 것, 한자 5,000자 익히기 등 세 가지를 실천 과제로 설정했다. 그리고 졸업과 동시에 교사임용시험에 반드시 합격하여 교사의 꿈을 이루겠다는 각오로 4년의 시간표를 짜서 대장정을 시작했다.

대학 생활의 시간은 생각보다 빠르게 지나갔다. 개강하고 나면 금방 시험일이 돌아오고, 잠깐 사이에 또 방학이 다가왔다. 진짜 실력을 갖추기 위해서는 4년이라는 시간이 부족하다는 생각이 들었다. 더구나 나는 농업고등학교 출신이기 때문에 인문계 출신자들보다 더 많은 땀과 노력을 쏟아야 한다고 다짐했다.

그러나 실제 현실은 공부에 전념할 수 있도록 호락호락하지 않았다. 80년대는 지금처럼 국가장학금 제도가 갖추어진 것도 아니었기 때문에 방학 동안에 일을 해서 학비를 모으지 않으면 안 되었다. 공부에 전념하고 싶은데 등록금도 벌어야 하는 매우 곤궁한 처지였다. 그래서 선호했던 일이 공부를 하면서도 최소의 시간으로 할 수 있는 야간 방범 활동이었다. 방범 활동으로 한 달을 근무하게 되면 15만 원의 수당이 지급되었다. 야간 방범 지원활동은 저녁 시간에 4시간만 근무하면 되기 때문에 시간의 낭비를 최소화할 수 있었다.

방범 지원활동은 야간에 하는 근무였기 때문에 낮에 또 다른 일을 할 수가 있다는 장점이 있다. 주야간 겹치기로 한 달 정도 일을 하게 되면 한 학기 등록금 정도의 돈은 모을 수가 있었다. 집안 사정이 괜찮은 학생들은 여름방학을 이용해 배낭여행을 한다, 유적지 순례를 한다, 하면서 재충전의 시간을 보냈지만 나는 꿈도 꾸기 어려운 일이었다. 졸업이나 제대로 할 수 있을지를 걱정하면서 대학 생활을 했다. 주경야경(晝耕夜耕) 하는 생활은 3학년 여름방학까지 계속하다가, 3학년 2학기부터는 교원임용시험 준비를 위해 최선을 다했다.

간혹, 주변에서는 집안 형편이 안 좋은데 주제넘게 무슨 대학을 다니느라고 고생이냐는 식의 따가운 눈총을 보내는 사람들도 있었다. 그럴 때마다 나는 마음속으로 주먹을 불끈 쥐고 졸업할 때까지만 기다려라, 반드시 교원 임용 시험에 합격하여 결과를 보여줄 것이라고 굳게 다짐하면서 하루하루 준비해 나갔다.

• 대학 생활의 힘, 동아리 활동

4년간의 대학 생활에서 가장 보람 있고 기억에 남아 있는 하나를 꼽는다면 동아리 활동을 들 수 있다. 동아리 가입은 1학년 여름방학이 끝나고 2학기 강의가 시작될 무렵에 2학년의 학과 친구로부터 소개받은 것이 계기가 되었다. 장차 교단에 서기 위해서는 실전 경험을 쌓는 일이 무엇보다 중요하다는 생각이 들었다. 그래서 야학(夜學) 봉사활동을 해 보아야겠다고 마음먹고 있었던 차에 정말 좋은 기회다 싶어서 주저없이 동아리에 가입했다.

이렇게 해서 야학(夜學) 봉사활동을 시작했다. 이 동아리는 청주권의 서원대, 청주교대, 청주대, 충북대, 한국교원대 등 다섯 개 대학 학생들이 청주교도소, 소년원생들의 갱생을 돕기 위한 목적으로 야학(夜學) 봉사활동을 펼쳤다. 대학생 회원들 모두 바쁜 일상 중에도 교도소의 소년원생들을 위해서 열심히 봉사활동을 펼치는 모습을 보면서 대단히 고무적인 느낌을 받았다. 야학 활동이 계획 없이 주먹구구식으로 이루어지는 게 아니라, 학교의 일선 교단처럼 연구수업을 실시하고 워크숍도 열어가면서 박진감 있게 활동이 이루어졌다.

내가 청주소년원 야학(夜學) 봉사활동을 나섰던 기간은 1학년 2학기부터 3학년 2학기까지 만 2년 동안이었다. 소년원 봉사활동을 하는 동안에는 특별한 일이 없는 한, 주당 두 번은 청주소년원생을 위한 봉사활동을 위해서 시간을 할애했다. 청주소년원을 직접 찾아가서 소년원생들과 공감하고 소통하며 야학(夜學) 봉사활동을 펼쳤던 시간은 대학 생활 가운데 가장 보람이 있고 행복한 시간이었다. 소년원 수업이 예정된 날은 수업 준비를 해야 하는 수고스러움보다도 소년원생들을 만날 수 있다는 설렘이 훨씬 더 컸던 것 같다.

돌이켜보면, 청주소년원 야학(夜學) 봉사활동이 예비역 복학생으로서 따분할 수도 있었던 대학 생활에 큰 활력소가 되었다. 그뿐만 아니라, 졸업 후 교사가 되어 학생들을 가르치고 학급관리나 생활지도를 하는 데에도 적잖은 도움을 주었다. 시인 안도현은 「너에게 묻는다」라는 시에서, '연탄재 함부로 차지 마라 / 너는 / 누구에게 / 한 번이라도 뜨거운 사람이었느냐?'라고 노래했다. 내가 한 번이라도 누군가를 위해 연탄처럼 뜨거운 사람이었다는 게 참으로 다행스럽고 행복했다.

소년원생들은 부모의 사랑을 받으며 청운의 꿈을 키워가야 할 청소년기에 순간의 잘못으로 영어(囹圄)의 몸이 된 행복하지 않은 아이들이다. 그러나 그 아이들도 수업 시간이 되면 일반 학생들 못지않게 눈빛이 반짝반짝 빛났다. 그런 소년원생들과 만나서 공감하고 소통했던 시간은 다른 어느 시간보다도 값지고 소중한 시간이었다.

06

임용시험 준비

시작이 반이다. 예비역 복학생의 신분으로 시작한 대학 생활이 어느덧 3학년 2학기를 맞이했다. 1988년 무더운 여름이 지나고 2학기 시작과 함께 88서울올림픽이 개막되고 그 열기가 뜨거워지기 시작했다. 한여름의 무더위가 채 식기도 전에 뜨거워진 올림픽의 열기는 점점 대한민국을 감동과 열정의 도가니가 되어 달아올랐다.

그전에 열렸던 1980년 모스크바 올림픽은 소련의 아프카니스탄 침공에 대한 국제 사회의 반발로 미국, 일본, 서독 등 서방 진영이 대거 보이콧하는 바람에 반쪽 대회로 치러졌다. 〈제2차 세계대전의 패전국 독일이 동·서독으로 분단되어 서독과 동독으로 부르던 국가명이 1990년에 서독으로 흡수 통일되면서 다시 독일로 부르게 되었다.〉 그 후에 치러진 1984년 미국 LA 올림픽 역시 모스크바 올림픽에 이어 공산 진영을 대표하는 소련 등 동구권 국가의 대거 불참으로 반쪽 올림픽으로 개최되었다. 소련의 조종으로 공산권 국가들이 대거 불참하는 상황이 벌어졌다.

그러나 88서울올림픽은 미·소를 포함한 세계 159개국이 참여하여 40여 년 동안 지속되어 온 냉전의 벽을 허물고 역대 최대 규모로 치러졌다. 그런 만큼 88서울올림픽은 세계인들의 이목을 집중하게 했다.

올림픽 열기가 뜨겁게 달아오르는 상황에서도 올림픽 분위기에 휩쓸리지 않으려고 무진장 애쓰면서 흔들리지 않고 취업의 문을 향해 뚜벅뚜벅 걸어갔다. 89년 2월 졸업까지는 대략 18개월 정도의 시간을 남겨둔 시점이었다. 남아 있는 시간만큼은 사즉생(死卽生)의 각오로 모든 힘을 임용시험을 준비하는데 쏟기로 마음먹었다. 올림픽의 열기가 뜨겁게 달아올랐지만 이에 아랑곳하지 않고 애초 목표한 대로 아침 일찍 아침밥을 챙겨 먹고 서둘러 대학도서관으로 발걸음을 서둘렀다.

일찍 등교하게 되면 공부가 잘되는 명당자리를 선점할 수가 있다. 도서관에도 나름의 명당자리가 있어서 좋은 자리는 항상 일찍 등교하는 사람이 차지하게 된다. 나는 항상 일찍 등교했기 때문에 좋은 자리는 내 차지였다. 내가 앉던 자리는 어느 순간부터 나의 전용석이 되어 졸업할 때까지 자리를 옮겨 앉은 일은 거의 벌어지지 않았다. 매일같이 도서관에 붙어 앉아 폐관하는 12시까지 책과 전쟁을 벌였고, 도서관 폐관을 알리는 자정이 지나서 집으로 향하는 발걸음은 오히려 가벼웠다.

임용고시를 준비하던 4학년 때는 청주교육대학에 다니는 동생이 교대 앞에서 방을 얻어 자취하고 있던 터라, 시간 관리 차원에서 동생의 자취방에서 함께 지내게 되었다. 동생도 대학 생활 4년 내내 이른 새벽에 일어나 신문을 돌리면서 주경야독하는 생활을 하고 있었다.

각설하고, 현재는 사범대학 출신이면 누구나 교원 임용고시에 응시할 자격이 주어지기 때문에 열심히 공부해서 임용시험에 합격하면 누구나 교사로 진출할 수가 있다. 그러나 1982년까지는 사립 사범대학 출신은 교원 임용고시에 응시할 자격이 주어지지 않았기 때문에 사립학교밖에 갈 곳이 없었다. 반대로 국립 사범대학 재학생들은 졸업과 동시에 무시험으로 공립학교 교사로 자동 임용되는 상황이었다. 그러다 보니 사립 사범대학 출신들은 공립학교는 진출할 수 없고, 사립학교 교사가 되기 위해 각자도생하는 수밖에 다른 길이 없었다.

사립학교의 경우 사립 공채라는 별도의 임용시험 제도가 있었다. 이 시험을 위해서 중고등학교의 모든 국어 관련 교과서 내용을 이해하고 내용을 완벽하게 분석하는 것을 목표로 정했다. 졸업일 기준으로 남아 있는 18개월 동안 승부를 걸어야겠다고 결심하고 취업 준비에 들어갔다. 고전문학과 현대문학 중에서 소설 분야는 고등학교 때부터 꾸준히 읽어왔기 때문에 웬만한 작품 내용은 거의 다 이해하고 있었다. 대학생활을 하면서 틈틈이 1970~80년대에 나온 30권 분량의 「한국 현대 문학 전집」도 구해서 읽었기 때문에 독서력은 어느 정도 갖추고 있었다. 장차 국어 교사가 되기 위해서는, 한국 현대 문학 전집 정도는 반드시 읽어 둬야 한다고 계획하고 있었다.

이렇듯 임용시험을 위한 기본적인 준비는 꾸준히 해왔기 때문에 교원임용시험을 위한 실질적인 준비는 그런대로 순조롭게 진행되어갔다. 농업계 고등학교 출신에 하위권의 성적으로 사범대학에 입학했지만, 졸업 후 취업의 관문은 가장 먼저 통과해야겠다는 생각을 단단히 하고 시험 준비에 임했기 때문에 큰 어려움은 없었다.

그러나 대학을 다니는 동안에 마음의 상처는 있었다. 어려운 집안 형편 속에서 동생과 함께 나란히 대학을 다니다 보니, 집안도 어려운데 부모님 고생시키면서 무슨 대학을 다니느냐는 등의 쓴 소리도 여러 번 들어왔다. 그렇지만 주변 사람들의 따가운 눈총과 빈정거림은 오히려 나의 가슴을 뜨겁게 달구었다.

가끔, 부모 잘 만난 학생들은 모 학교에 교사 자리가 예약되어 있다는 등의 이런저런 이야기가 심심찮게 돌았다. 그런 소문이 들려올 때마다 초조감이 들기도 했지만, 기댈 언덕조차 없는 이에 개의치 않고 나름의 꿋꿋함으로 한 걸음 한 걸음 목표를 향해 나아갔다. 하루하루 기본에 충실하면 나에게도 좋은 결과가 있을 것이라는 믿음만큼은 절대로 의심하지 않았다.

인디언들이 기우제를 지내면 반드시 비가 내린다고 한다. 인디언들은 비가 내릴 때까지 기우제를 지내기 때문이다. 비가 내릴 때까지 계속해서 기우제를 지내다 보면 결국은 비가 내리듯이, 긍정적인 믿음으로 꿋꿋하게 나아가다 보면 불가능한 것처럼 생각되는 일을 현실로 만든다. 바로 신념의 마력이다.

07

임용시험 합격의 영광

• 청석 학원 임용시험 응시

교사가 되겠다는 일념으로 대학 4년을 바쁘게 달려왔다. 4학년 2학기 기말고사가 끝나고 마지막 겨울방학을 코앞에 두고 4학년 취업 준비생들은 모두가 취업 문제로 예민해져 갔다. 이제부터는 임용고시 시험 준비보다는 일간지 등에 실린 신규교사 채용공고문을 찾는데 더 몰두하기 시작했다.

국립대 사범대 학생들은 무시험 교원임용제도의 혜택으로 망중한의 시간을 보내고 있는 가운데, 사립 사범대학 4학년생들은 각자도생의 각개전투를 벌이는 방식으로 채용정보를 찾아서 스스로 길을 찾아 나서는 수밖에 다른 방도가 없었다.

사립대학 사범대 학생들에게는 공립교사 임용 응시 기회가 주어지지 않았기 때문이다. 〈국립사범대학 출신들에게만 주어진 교원 자동 임용 제도가 직업의 평등권을 침해했다고 규정하여, 전국의 사립대 사범대학 재학생들이 전국 사립 사범대학연합을 결성하여 헌법재판소에 위헌 소송을 제기하여 승소하였다. 그 결과 1991년부터 국립, 사립 출신을 불문하고 교원임용시험을 통해 교사로 나아갈 수 있는 제도적 장치가 마련되었다.〉

1990년 새해가 시작되면서 2월 24일 졸업식(학위 수여식)이 성큼성큼 다가왔다. 취업 문제로 마음이 급해지기 시작했다. 그럴 즈음에 지역 일간지 충청일보의 광고란에 대성학원(현 청석 학원)에서 신규교사를 채용한다는 교사 채용공고문이 실렸다. 국어 교사 2명, 수학 교사 3명, 영어 교사 4명, 기타 몇 명 등, 모두 십여 명의 교사를 새로 채용한다는 내용의 공고문이었다. 나는 기회가 될 수 있겠다 싶어서 원서 마감 일자에 맞춰 요구 서류를 준비하고 응시원서를 작성해서 접수를 마쳤다.

소문에 의하면, 청주권의 양대 사학(私學)인 대성학원(현 청석 학원)과 운호학원(현 서원 학원)은 상대방 출신 대학의 교사는 채용하지 않고 있다는 이야기를 들은 적이 있었다. 이러한 소문이 확인된 것은 아니었지만 이 말대로라면 혹시라도 들러리로 시험을 보게 하는 것은 아닌가 하는 일말의 의심이 들기도 했다. 그렇더라도 착실하게 임용시험 준비를 해온 터였고, 처음으로 치르는 채용시험의 응시 기회라 실전 경험을 쌓는다는 마음 자세로 시험을 보겠다고 결심했다.

원서접수 마감 후, 지원자의 경쟁률은 꽤 높게 나왔다. 국어 교사 두 명을 뽑는데 삼십 명이 넘게 응시했다. 시험이 말 그대로 장난이 아니었다. 합격 가능성이 거의 없다고 판단하여 지레 겁을 먹고 시험을 포기하고 싶은 마음도 들었다. 그러나 다시 마음을 고쳐먹고 밑져야 본전인데 결과가 어찌 나오든 시험을 보기로 했다. 이제 남아 있는 시험 날짜에 맞춰 시험 준비에 전력을 쏟는 일만 남았다. 그동안 임용시험 준비를 착실하게 해왔기 때문에, 핵심적인 내용만을 짚어가면서 점검하는 식으로 준비했다.

채용시험은 대성여자상업고등학교에서 치렀다. 응시한 수험자가 너무 많아서 교실 두 칸에 나누어 시험을 치러야 할 정도였다. 시험 문제는 국어와 문학에 관한 문제 30문항, 한문 10문항 등 모두 40문항으로 제한 시간은 80분이었다. 시험 문제의 난이도는 다행스럽게도 예상했던 것만큼 어렵지는 않았다. 대부분 평소에 공부했던 내용의 범위에서 출제가 되었으며, 특히 한문 문항은 불과 얼마 전에 공부했던 내용이 출제되었다.

이른바, 샐리의 법칙이란 게 있다. 머피의 법칙과 정반대의 개념으로 우연히 좋은 일만 계속 생기고, 나쁜 일도 오히려 전화위복이 되는 경우다. 예를 들어 맑은 날에 우산을 챙겨 나왔는데 갑자기 비가 쏟아진다든지, 시험 직전에 펼쳐본 내용이 그대로 시험 문제로 나온다든지 하는 등의 좋은 일이 겹쳐 일어나는 경우를 말한다. 시험을 다 치르고 시험장을 나섰다. 수험생들마다 이구동성으로 주고받는 이야기가 한문 문제가 상대적으로 어려웠다는 것이다. 나는 시험 문제의 난이도가 생각만큼 어렵지 않다는 생각이 들었고, 그런대로 잘 본 것 같다는 예감이 들었다.

나는 평소에 삶에서 맞이하는 모든 일에 우연은 없다고 생각해 왔다. 모든 결과는 노력한 만큼 주어진다고 믿어왔다. 삶을 살아가면서 장차 좋은 일이 있기를 기대한다면 그에 앞서 그때그때 최선을 다하는 수고를 게을리 하지 말아야 한다고 믿고 있다. 그러다 보면 행운은 자연스럽게 따라온다. 앞에서 말한 샐리의 법칙이나 운칠기삼(運七技三)도 긍정의 믿음을 갖고 열심히 노력하는 사람에게만 주어지는 행운의 선물이라고 생각한다.

• 임용시험 영광의 합격

청석 학원 신규 국어 교사 채용시험에 응시하여 시험은 비교적 잘 치렀다는 생각은 하고 있었다. 그렇다고 시험에 합격할 수 있다는 확신은 솔직히 없었다. 무엇보다 경쟁률이 높았기 때문이다. 그래서 시험을 치르고 나서도 아무 미련 없이 계속해서 일간지에 실린 교사 채용공고문을 살피면서 새로운 기회를 모색하고 있었다.

그러던 중에 합격자 발표가 예정되어 있던 날 충남 홍성 행 버스를 탔다. 홍성 읍내 홍주고등학교에 첫 발령이 나서 근무 중인 절친한 학과 선배를 만나기로 약속되어 있었다. 취업에 성공한 선배를 만나서 여러 가지 취업 관련 궁금증도 들어보고, 새로운 취업 정보도 얻을 겸 결정한 약속이었다. 홍성 터미널에 도착해서 택시를 타고 학교 교무실로 선배를 찾아갔다. 그 선배는 임용 2년 차의 새내기 교사답지 않게 교무실 분위기며, 학교생활에서 경험하고 있는 여러 가지 경험담을 소상하게 알려 주었다.

그날 일정을 모두 마치고 저녁 무렵에 청주 시외버스터미널에 도착했다. 이날이 대성학원 임용시험 합격자 발표일이라는 것은 알고 있었으나 기대하지 않았기 때문에, 합격 여부를 전화로 직접 확인을 안 했다. 대신 안부 전화 겸 집으로 전화를 걸었다. 전화를 받은 아버지는, 청석 학원에서 교사 채용시험에 합격했다는 전화 연락이 왔다는 것이었다. 아니 이게 꿈이야, 생시야 하는 기쁨이 솟구치면서, 혹시 누군가를 내정해놓고 나는 들러리 세우는 것은 아닌지 일말의 의구심을 버리지 못했다. 발걸음을 서둘러 집에 도착하자마자 온 가족이 나의 합격 소식을 반가워하면서 축하해 주었다.

그러나 안심하기에는 아직은 일렀다. 면접이라는 2차 관문이 남아 있었고, 여러 가지 변수를 생각하면서 조심스럽게 면접을 기다렸다. 큰 기대를 하고 있다가 혹시라도 안 좋은 결과가 나오면 더 큰 실망을 할 수가 있게 되기 때문에 매우 조심스러웠다.

목욕재계하고 기도하는 심정으로 면접 일을 기다렸다. 1차 시험을 통과한 몇 명의 후보군 중에서 최종적으로 두 명을 선발하기 때문에 결과를 예단하지 않았다. 절호의 기회를 맞아 지푸라기라도 잡고 싶은 심정이지만 비빌 언덕이라고는 아무것도 없었다. 청석학원에 연(緣)이 있는 사람이 없었기 때문에 면접을 어떻게 준비해야 하는지 등등 면접 정보를 얻는 일이 쉽지 않았다. 진인사(盡人事)하고 대천명(待天命) 한다. 면접 결과는 운명에 맡기고 최선을 다하자는 생각으로 면접에 임했다. 면접을 보고 나서 며칠 후에 면접시험에 합격했다는 2차 합격통지서가 날아왔다. 생애 가장 기쁘고 행복한 영광의 순간이었다.

2차 면접 과정 통과 후, 마지막 단계인 신원조회 과정을 거쳐 최종 합격을 통보받았다. 곧이어 청석 학원 이사장으로부터 신규교사 임명장을 받고 드디어 간절히 원하던 교사의 꿈을 이루었다.

• 첫 발령, 청석고등학교 교사가 되다

간절히 원하면 이루어진다는 말은 틀린 말이 아니다. 그러나 어떤 일을 이루어내기까지는 반드시 대가를 치러야 한다. 6남매의 장남으로서 고등학교 졸업과 동시에 취업의 길을 선택해서 어려운 집안 형편에 보탬이 되었어야 마땅한데 대학 진학을 선택하는 바람에 부모님의 어깨를 짓누르게 하고, 주변 사람들로부터 따가운 시선을 받기도 했다. 그러나 이러한 난관들이 심적으로 부담은 되었을지라도 교사의 꿈을 이루어 내고 말겠다는 나의 의지를 꺾지는 못했다.

오천석의 「교사의 기도」라는 시를 써서 벽에 붙여 놓고, 매일같이 가슴에 새기면서 교사가 되겠다고 다짐했다. 나는 지칠 때마다, '주여! 저로 하여금 교사의 길을 가게 하여 주심을 감사하옵니다. 저에게 이 세상의 하고 많은 일 가운데서, 교사의 임무를 택하는 지혜를 주심에 대하여 감사하옵니다. 언제나 햇빛 없는 그늘에서 묵묵히….'로 시작하는 긴 교사 기도문을 시간 날 때마다 낭송하면서 힘을 얻었다. 어떤 꿈을 이루기 위해 자기 암시를 반복하면, 어느 순간 꿈이 현실이 된다는 이야기를 「신념의 마력」 이라는 책에서 읽었다. 이 책의 내용대로 나의 꿈, 교사의 꿈을 내면화하기 위해 무던히 애를 썼다.

초지일관 각고의 노력과 꼭 이루어내겠다는 흔들리지 않는 신념으로 교사의 꿈을 이뤄내고, 대성여자상업고등학교 신규 교사 임명장을 받고 나서 발령 대기 상태에 들어갔다. 그러나 며칠 후, 발령지가 갑자기 청석고등학교로 바뀌었다. 첫 발령이 실업계 고등학교라서 다행이라 생각했는데, 대학 진학을 목표로 하는 명문고로 소문이 나 있는 인문계 고등학교로 발령이 난 것이다. 입시 지도를 잘해야 한다는 무거운 책임감과 학생들로부터 존경받는 교사가 될 수 있을까 하는 두려움을 떨쳐버릴 수가 없었다. 그렇다고 머뭇거리거나 고민할 시간이 없었다. 단단한 각오로 새 학기 준비에 돌입했다.

1990년 3월 2일 드디어 청석고등학교에 감격스러운 첫 출근을 시작했다. 그토록 꿈에 그리던 교사가 됨으로써 자랑스럽고 존경받는 선생님이 되기 위해 첫발을 내딛게 되었다.

08

우리 집안의 고명딸

초등학교 5학년이었던 1973년 6월 23일(양력), 초여름의 석양 햇살이 내리쬐던 토요일 오후였다. 학교에서 돌아와 친구들과 놀러 나갔다가 4시쯤에 집으로 돌아왔다. 갑자기 안방에서 아기 울음소리가 들려왔다. 어머니가 출산한 지 얼마 안 된 것 같았다. 아버지는 딸이라고 했다. 넷째 동생, 여동생이 태어난 순간이었다.

조부님이 밭일을 마치고 집 안으로 들어서자 아버지는 딸을 낳았다고 했다. 딸을 낳았다는 말에 조부님은 약간은 실망스러운 듯한 어조로 더 이상 대답이 없이 무덤덤하게 사랑방으로 발길을 들였다. 조부님은 줄줄이 손자 넷을 보았음에도 손자를 더 보고 싶었던지 손녀를 본 것에 대해 별로 탐탁지 않은 표정을 지었다. 선비적인 삶을 살아온 조부님의 뿌리 깊은 남아선호사상을 확인하는 순간이었다.

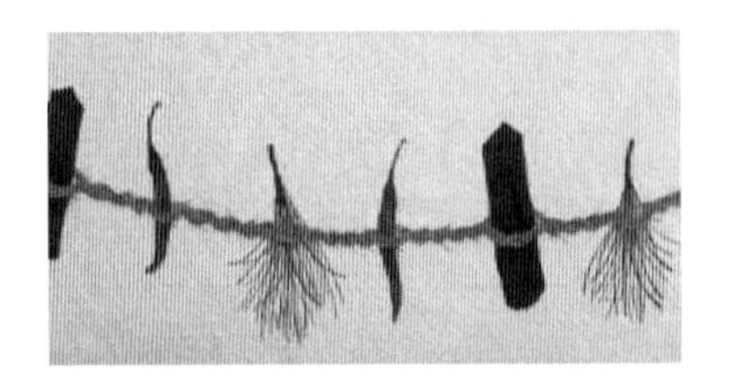

여동생을 낳자마자 아버지는 언제나 그래왔듯이 볏짚으로 새끼를 굵게 꼬아 금줄을 만들어 숯과 솔가지, 고추를 꽂은 다음에 사립문에 내걸었다. 〈대문이 없고, 나뭇가지를 엮어서 만든 사립문이라 더 정겹고, 친근감도 묻어나는 것 같다〉 그 동안은 줄곧 아들을 낳았기 때문에 금줄에 숯과 고추를 꽂았었다.

여기서 숯은 불을 의미하는 붉은색이며, 고추 역시 붉은색을 띠고 있어 사악한 것을 쫓는다는 의미가 있고, 태어난 아이가 남자라는 것을 알리는 상징적 의미다. 반대로 여자아이가 태어나면, 숯과 고추에 솔가지를 더해서 금줄에 꽂았다. 솔가지는 사철 잎이 지지 않아 일 년 내내 푸르른 소나무를 상징하는 것으로, 평생 정절(情節)을 소중히 해야 한다는 의미가 담겨 있다. 간혹 솔가지 사이에 고추를 끼워 넣기도 하는데, 다음에는 아들을 낳고 싶은 기원적 의미가 담겨 있다.

또 한편으로는 금줄을 치는 것으로 부정(不淨)한 것의 침범을 막기 위한 주술적 의미도 담겨 있다. 금줄은 길게는 삼칠일(21일) 동안 쳐 놓았다. 금줄이 걸려있는 동안에는 마을 사람들도 신생아를 위해 출입을 자제했다. 1970년대만 해도 지금처럼 병원을 쉽게 찾아가 진료를 받을 수 있는 시절이 아니었다. 아이가 태어나더라도 갑자기 병이 나서 죽거나, 소아마비 같은 병이 들어 평생을 장애로 살아가야 하는 일이 흔했던 시절이었다.

태어난 아이가 성인이 될 때까지 무사히 성장하는 것은 쉬운 일이 아니었다. 그래서 민간에서는 아이가 태어나면, 산모와 아기를 보호하려는 의미로 삼칠일 동안 금줄 의식이 행해졌다. 우리 집은 동생이 태어나고 쳐 놓은 금줄을 삼칠일이 훨씬 지난 뒤에 걷었다.

여동생은 태어나고 얼마 안 되어 아토피성 피부염을 심하게 앓았다. 흔히 태열이라는 피부질환으로 주로 머리 부위와 팔뚝에 생겨났다. 태열의 가려움 때문에 어린 여동생은 자꾸 머리로 손이 가고, 가려움이 심한 탓에 울음이 잦아졌다. 어머니는 어디에서 듣고 왔는지, 요소비료를 물에 풀어서 그 물에 머리를 감기곤 했다. 치료에 별로 도움이 되지 않는 일이었음에도 어머니는 계속해서 비료를 녹인 물에 머리를 감겼다. 머리가 벌겋게 헐고 진물이 나도 병원에 가서 치료받을 생각은 아예 하지 못하고, 이런저런 민간요법으로 치료 아닌 치료를 이어갔다. 오랫동안 여동생을 괴롭힌 태열은 어머니의 정성이 통했는지 초등학교를 졸업할 무렵에 깨끗이 나았다.

여동생은 밝을 명(明)자, 꽃 화(花)자를 써서 이름을 지었다. 조부님은 여자라서 돌림자를 따르지 않고 이름을 지었다. 작명은 아무 의미 없이 지어진 이름이 아니라, 사람들과 화합하는 좋은 사람, 그리고 꽃처럼 아름답고 멋진 사람이 되라는 뜻으로 이름을 지었다고 한다.

내가 중학교 1학년 때 여동생은 젖먹이로 어린 두 살이었다. 어머니는 늘 집안 살림으로 눈코 뜰 새 없이 바빴기 때문에 어린 여동생은 주로 내가 돌봐주었다.

여동생이 네 살 때 일이다. 한번은 저녁 식사를 마치고 밤이 어두워 가는데 여동생이 갑자기 고열이 나고 토하면서 심하게 울었다. 상태가 심상치가 않아서 보건소라도 다녀와야 할 것 같은 예감이 들었다. 지금처럼 승용차가 있는 것도 아니었기 때문에, 보건소에 다녀오는 일이 난감했다. 궁리 끝에, 여동생은 아버지가 업고, 나는 아버지를 자전거 뒤에 태우고 단숨에 미원보건소로 달려갔다. 어둡고 컴컴한 밤이었으나 한시가 급해서 자전거 페달을 힘껏 밟아 보건소에 도착해서 치료를 무사히 받고 집으로 돌아왔다.

평범한 상황이었다면, 중학교 3학년 학생이 두 사람을 태우고 어두운 밤길을 달려 보건소에 다녀오는 일이 결코 쉬운 일이 아니다. 사람이 다급하고 절박한 상황을 맞게 되면 불가능한 것처럼 보이는 일도 해낼 수가 있다는 교훈을 얻은 순간이었다. 궁하면 통한다는 말의 의미를 새삼 깨닫는 계기가 되었다.

각설하고, 여동생은 혼자서 책을 읽고, 공부하는 것을 좋아했다. 올바른 습관을 지니고 있으니 성적도 기대 이상으로 잘 나왔다. 중학교 3학년 2학기가 지나면서 고입 원서를 써야 하는 시간이 다가왔다. 조부님은 가정 형편을 고려해서 여동생을 집에서 가까운 미원고등학교에 보낼 생각을 하고 있었다. 손자들도 고등학교에 간신히 보냈는데 여자애를 시내 고등학교로 보낼 수 없다는 것이었다. 조부님의 생각이 잘못된 것은 아니지만, 여동생만큼은 공부도 어느 정도 하고 있었기 때문에 청주 시내 인문계 고등학교로 보내고 싶다는 생각이 들었다. 그래서 조부님을 설득한 끝에 청주시 인문계 고등학교에 원서를 쓰고 중앙여자고등학교로 배정받아 입학을 할 수 있게 되었다.

인문계 고등학교에 입학한 여동생은 기대에 부응하면서 열심히 공부했다. 통학 거리도 가깝지 않고 공부에 전념할 수 있도록 뒷바라지도 충분하지 않은 형편임에도 묵묵히 최선의 노력을 다했다. 야간자율학습을 마치고 집에 도착하면 11시 가까이 되었다. 종일토록 공부하느라 지쳤을 텐데도 집에 와서도 자정이 훨씬 넘은 시간까지도 공부했다.

내가 교사로 임용되어 청석고등학교에 첫 발령이 났을 때 여동생은 고3 수험생이었다. 내가 취업하게 되면서 대입 시험을 앞둔 여동생에게 작으나마 도움을 줄 수 있게 되어 참으로 다행이었다. 대입 원서 작성을 앞두고 담임선생님과 상담하는 시간을 가졌다. 담임선생님은 이화여자대학교 의과대학에 지원하기를 권고했다. 합격 안정권에 들어 있다고 했다. 나는 잠시 망설이면서 방안을 찾아보았지만, 여동생의 서울권 의대 진학은 어렵다는 판단을 내렸다. 그 해, 1991년에 충북대학교 의과대학이 신설되었으나 아직 기반이 갖추어지지 않아 인기가 없었고, 고득점 수험생들이 약학대학을 지원하는 상황이었다. 충북대학교 약학대학 제약학과에 지원하여 합격함으로써 약사가 되기 위한 첫걸음이 시작되었다.

09

임종하지 못한 슬픔

내가 열심히 노력해서 교사의 꿈을 이루자 조부님은 누구보다 좋아하셨다. 아침마다 양복을 가지런히 차려입고 학교로 출근하는 맏손자의 모습을 보면서 흐뭇해하셨다. 가난하고 내세울 것 없는 집안에서 맏손자가 스스로 노력해서 교사가 되었으니 얼마나 기쁘고 흐뭇했겠는가. 거기다가 둘째 동생까지 교육대학을 졸업하고 초등학교 교사로 임용되었으니 집안으로서는 경사가 겹친 것이다. 곤궁한 집안에 새로운 전기(轉機)를 맞은 셈이다. 더군다나 여동생까지 충북대학교 약학대학에 합격함으로써 조부님은 감개무량하여 오며 가며 손주 자랑을 멈추지 않았다.

젊은 시절에 황량한 만주 벌판을 유랑하며 고초를 겪었던 일과 해방 후 귀국해서 고향으로 돌아와 남의 집 사랑방에서 더부살이했던 굴곡진 과거를 회상하며 조부님으로서는 만감이 교차할 수밖에 없었다. 질곡의 삶을 살아온 끝에 당신의 손주들이 집안의 운명을 반전하는 역전의 드라마를 연출했으니 두말할 나위가 없다.

이처럼 손주들이 새롭게 도약하는 모습을 지켜보는 가운데 조부님의 건강은 악화하기 시작했다. 살 만하면 병이 온다는 말이 있다. 지병으로 앓아온 전립선 질환이 급속히 나빠져 소변을 보는 일조차 어려워졌다. 집안 형편이 어려워 발병 초기에 제대로 된 치료를 못 받은 것이 전립선 질환 악화의 가장 큰 원인이었다. 운명하기 몇 개월 전부터는 요도에 호스를 넣어야 간신히 소변을 볼 정도로 병세가 나빠졌다. 백약이 무효한 지경에 이르렀다. 결국에는 소변이 흘러 나와 방바닥이 오줌 범벅이 되고 오줌 냄새가 방안에 진동하는 상황까지 갔다.

교단에 첫 발령을 받고 눈코 뜰 새 없이 바쁜 와중에도 매일같이 퇴근하자마자 오줌으로 범벅이 된 방바닥 담요를 갈고, 손과 발을 깨끗이 씻겨 드렸다. 극진한 보살핌이 계속되어도 조부님의 건강은 날이 갈수록 악화 일로였다. 기력은 빠르게 쇠잔해 갔다. 기력이 다한 조부님은 생이 얼마 안 남았음을 직감한 듯 맏손자인 나에게 말씀을 남기셨다.

"내가 죽어도 아버지가 고생하지 않도록 잘~ 챙겨라."라고 힘없는 음성으로 간곡하게 말씀하셨다.

조부님은 당신의 운명이 다했음을 직감하고 당신의 아들 걱정으로 눈을 감을 때까지도 마음으로 걱정하면서 나에게 유언으로 아버지를 잘 모셔야 한다는 말씀을 남겼다. 조부님의 이 말씀이 실제로 유언이 되고 말았다.

다음 날 아침 출근 인사를 드린 후 집을 나서는데 발걸음이 유난히 무겁게 느껴졌다. 오늘 당장 뭔 일이 벌어질까 싶기도 하고, 왠지 불길한 예감이 들었다. 퇴근 무렵에 집으로 전화를 거니까 조부님이 약 30분 전에 운명하셨다고 했다. 눈앞이 캄캄하고 하늘이 무너지는 느낌이었다. 부랴부랴 발걸음을 재촉하여 서둘러 집으로 돌아왔으나 임종의 기회를 완전히 놓쳐버렸기 때문에 이미 돌이킬 수 없었다. 조부님 앞에서 임종하지 못한 데 대한 비통한 마음으로 눈감은 모습을 지켜보는 수밖에 없었다. 조부님이 영면에 든 날이 1991년 6월 13일로 향년 84세였다.

조부님이 영면에 들고 세월이 한참 흘러 어느덧 30주기를 지났다. 시간은 강물처럼 유유히 흘러가는데, 세월이 아무리 지나도 조부님께서 물려준 정신적 유산이, 삶의 든든한 버팀목이 되어 주고 있으니 참으로 다행이다. 그러나 한편으로는 임종하지 못한 불초(不肖)한 마음으로 가슴이 아려지는 것은 어찌할 수가 없는 것 같다.

제4부. 나의 삶, 나의 길

01

아내의 만남과 결혼

교사의 보수가 많은 편은 아니다. 그렇지만 학생들에게 교사의 직업 선호도가 꾸준히 상위를 유지하고 있다. 교가가 인기 직업순위에 들기 때문에 교사가 되기 위해서는 많게는 수십 대 일의 치열한 임용고시 경쟁률을 뚫어야 한다. 결코 쉬운 일은 아니다. 과거에도 교사의 꿈을 이룬다는 것은 남다른 노력을 기울여야 성취할 수 있는 힘겨운 일이었음은 두말할 나위가 없다.

나는 가난한 소작농의 아들로 태어나 평탄하지 않은 청소년기를 지나오면서도 교사가 되겠다는 꿈을 꾸었다. 그 꿈이 현실과는 좀 동떨어진 것처럼 보였지만, 꼭 이루고야 말겠다는 신념과 의지, 노력을 바탕으로 어렵사리 성취할 수 있었다. 교사의 꿈을 이루어냄으로써 사회적으로 중산 계층에 진입하는 행운도 누릴 수가 있었다.

누구나 삶이 그러하듯이, 취업하면 결혼하고, 가정을 꾸려 자녀를 낳고, 이렇게 살아가는 것이 일반 사회의 전형적인 모습이다.(요즘에는 결혼 문화가 완전히 달라졌지만) 나 역시 취업 문을 통과하면서 결혼이라는 제2의 관문 앞에 마주 섰다. 내 코가 석 자라 결혼을 위한 준비가 전혀 되어 있지 않았었다. 결혼 비용도 한 푼도 없었고, 결혼할 짝도 찾지 못한 처지에 있었다. 당분간은 결혼할 생각을 미루고 있었다. 그런데 둘째 동생은 졸업 전부터 사귀어오던 동갑내기의 여자 친구가 있었고, 교직 생활을 함께 시작하면서 결혼 준비를 서두르고 있었다.

이러한 상황에서, 건강이 점점 나빠져 가던 조부님은 생전에 맏손자의 며느릿감을 보고 싶은 소망 때문이었는지 맏손자의 결혼을 재촉했다. 그러나 결혼할 준비가 안 된 나는 조부님의 바람에 그다지 귀 기울이지는 않고 있었다. 그러다가 막상 동생이 결혼을 서두르는 모습을 보면서 생각이 흔들렸다. 집안의 장손을 제쳐두고 동생이 먼저 결혼하는 것은 이치에 맞지 않는다는 주변 사람들의 목소리를 무시할 수가 없었다.

갑자기 결혼해야 한다고 생각하니 답을 찾을 수 없었다. 그동안 주변에서는 괜찮은 사람을 소개해 주겠다는 제안도 받은 적이 있으나 사양한 터였다. 결혼 문제로 장고를 거듭하던 끝에 재학 당시 만났던 사람들을 떠올려 보았다. 누구나 그러겠지만 처음 만난 사람도 오랜 친구처럼 편한 느낌이 들고 호감이 가는 사람이 있는 반면에, 오래도록 만나도 별다른 정이 가지 않는 사람도 있다. 재학 시절에 야학 봉사활동을 함께 했던 사람들을 떠올려 보았다. 동아리 활동을 함께하는 동안의 좋은 모습들이 떠오르면서 개인적으로 의견을 나눈 적이 없었지만, 그냥 좋은 느낌으로 다가왔던 한 사람이 있었다. 야학 봉사활동을 그만두고 교사로 임용된 뒤에도 좋은 이미지로 기억 속에 남아 있었다.

그렇더라도 연락 한번 없던 사람한테 불쑥 찾아가서 의사를 전달한다는 것은 결코 쉬운 일이 아니었다. 더구나 어느 학교에 근무하고 있는지도 모르고 있었고, 혹시 만나는 사람이 있을 수도 있다는 생각도 들었다. 망설이던 끝에, 밑져야 본전 아니겠느냐는 생각으로 수소문해서 한번 만나 보자고 결심했다.

이렇게 해서 소재를 파악한 뒤에, 야학 활동을 함께했던 후배를 통해서 나의 의사를 전해달라고 간곡히 부탁했더니 흔쾌히 받아주었다. 며칠 후에 답변이 왔다. 적당한 날을 정해서 한번 만나 볼 수 있다는 답변을 보내왔다. 맙소사. 느낌이 좋았다. 일이 뜻한 대로 잘 풀려나갈 것 같다는 예감이 들었다. 서로 약속 날짜를 잡고 며칠 뒤에 만남의 시간을 가졌다. 이렇게 해서 만난 사람이 나의 반려자가 되었으니 인연이란 게 참 오묘한 것 같다.

첫 만남 이후부터는 서로 만나는 일이 그렇게 어렵지는 않았지만, 문제는 단양까지 워낙 거리가 멀어서 실제로 만남이 쉽지는 않았다. 당시는 토요 휴무제가 시행되지 않았던 시절이라, 주로 일요일에 시간을 내서 중간지점인 제천에서 만났다. 가끔은 평일에도 퇴근 후에 단양행 버스를 탔던 적도 있다. 단양에 도착하면 밤 10시가 넘었다. 도착해서 대화를 나누다 보면 한두 시간이 훌쩍 가버렸다. 지금처럼 승용차가 있는 것도 아니고 버스도 막차가 끊어진 시간이라, 부득이 장거리 택시를 탔다. 단양에서 제천까지만 오면 제천역에서는 충주행 택시가 항시 대기하고 있어서 어렵지 않게 충주역까지 올 수가 있다. 충주에서는 청주행 택시가 많아서 집으로 오는데 크게 불편하지는 않았다. 택시에서 내려 부랴부랴 집에 도착하면 새벽 한 시가 넘었다. 청주에서 단양까지는 100킬로미터가 훨씬 더 되는 거리이다. 이 먼 길을 옆집 다녀오듯이 하룻밤 사이에 다녀왔으니 지금 생각해 보면 제정신은 아니었다.

이렇게 만남을 통해 교제의 시간을 갖는 가운데 결혼하기로 서로 생각은 모았으나 넘어야 할 장애물이 가로막고 있었다. 장모님의 반대가 완강했기 때문이다. 집안의 막내딸로 애지중지 키운 딸을 5남 1녀의 맏이한테 보내는 것을 절대 허락할 수 없다는 것이었다. 게다가 가난하기 짝이 없는 집안으로 시집을 보내야 하는 현실을 도저히 받아들일 수 없다는 것이었다. 부모님의 관점에서는 당연한 생각이지만 나는 뜻을 접지 않고, 예비 장모님이 꽉 닫고 있는 마음의 문을 열 수 있도록 꾸준히 믿음을 쌓아 나갔다. 지성(至誠)이면 감천(感天)이다. 얼마 후 장모님으로부터 결혼 승낙을 얻었다. 아주 먼 강화도 출신의 여자를 만나 부부의 인연을 맺을 수 있게 되었다.

불교에서는 현재 나와 마주하고 있는 사람은 전생에서 크고 작은 인연을 맺었던 사람이라고 한다. 인연에는 선연(善緣)과 악연(惡緣)이 있다고 한다. 그 사람이 전생에 공덕을 많이 쌓으면 현세에서도 좋은 사람들을 만나서 평안하고 행복하게 살아가게 된다고 한다. 반대로 악행을 많이 저지른 사람은 자신에게 해악을 끼치는 사람들과 인연을 맺어 평생을 고통 속에서 힘겹게 살아가야 한다고 한다.

어찌했든, 수백 리 머나먼 땅, 강화 사람과 만나 인연을 맺어 평생을 함께 살아가는 부부가 될 수 있게 되었다는 것은 전생에 각별한 인연이 있었음에 틀림이 없다.

원점으로 돌아와서, 나의 아내는 단양에서의 2년 차 근무를 무사히 마치고, 이듬해인 1992학년도 새 학기를 청주 근교의 신송초등학교로 근무지를 옮겼다. 〈아내의 말에 따르면, 애초 계획은 청주가 아니라 경기도로 근무지를 옮길 생각이었다고 했다. 하마터면 나와의 인연을 놓칠 수도 있을 뻔했다는 생각에 정신이 번쩍 들었다.〉 그런 뒤에 결혼을 위한 준비에 착수해서 1993년 10월 3일, 청주 청석 예식장에서 결혼식을 올렸다. 결혼이 희망을 꽃피우는 새로운 출발점이 되기를 간절히 소망하면서.

02

두 아들의 아버지

아내와 결혼하고, 신혼집은 청주시 사창동 316-77번지 단독주택 2층에 차렸다. 그동안 모아놓은 돈이 없었기 때문에 농협에 근무하는 친구에게 도움을 청해서 대출받은 1,500만 원으로 전셋집을 마련했다. 〈1990년대는 직장인우대 대출금리가 평균 연 7% 정도여서 대출을 받는 것이 현재처럼 쉽지 않았던 시절이라 대부계 담당자에게 구두 티켓 등 뇌물을 은밀히 제공하는 사례가 적지 않았다.〉

아내에게는 양심적으로 미안한 마음이 들었으나 어쩔 수 없이 전세자금을 대출받은 사실을 숨겼다. 전세자금 대출 사실을 끝까지 숨기려고 했으나 얼마 지나지 않아 탄로가 났다. 숨겨야 할 진실이 드러났으나 아내는 상황을 이해하려는 태도여서 다행히 별다른 갈등은 없었다. 나로서는 그저 미안하고 고마울 뿐이었다. 여러모로 불리한 환경에서 시작한 결혼생활이라 숨겨야 하는 진실까지 생겨나면서 어깨를 무겁게 했다.

어렵사리 시작한 결혼생활이라, 신혼부부로 알콩달콩 행복한 시간을 가질 겨를도 없이 아내는 곧 아기를 가졌다. 작은 체구에 임신부가 되어 불편한 몸으로 가사 일에 학교 근무까지 1인 2역의 역할을 하다 보니 체력이 많이 약해졌다.

어느 날, 오후 수업을 마치고 교무실로 내려오자 아내가 근무하는 학교에서 전화가 왔다. 수업 도중에 심한 복통 증세가 있어서 급히 119구급차에 실려 충북대병원 응급실로 실려 갔다는 것이다. 나는 오후 수업을 그만두고 곧장 충북대병원 응급실로 달려갔다. 병원에 도착해보니, 아내가 갑자기 조산 증세로 분만할 수도 있다는 것이었다. 임신 30주가 갓 지난 상태인데 조기분만이라니 걱정이 이만저만이 아니었다. 만약에 아이가 태어난다면 미숙아라서 일정 기간을 인큐베이터의 도움을 받아야 한다고 했다. 그런데 충북대병원에는 신생아용 인큐베이터가 미비해서 대전이나 천안 등 인근 도시의 대형 병원으로 이송해야 하는 상황이었다. 〈당시 충북대병원은 2년 전인 1991년 7월에 설립된 신생병원으로 의료 시설이 여러모로 미비한 상태였다.〉

충북대병원 측에서 소개해 준 병원은 대전 을지대학병원이었다. 이 병원은 미숙아를 위한 인큐베이터가 잘 갖추어져 있고, 전문의로부터도 질 좋은 서비스를 받을 수 있다고 소개해 주었다. 병원 측에서 소개해 준 대로 곧바로 응급실 구급차에 실려 을지병원 응급실로 향했다. 병원에 도착하자마자 담당 전문의로부터 즉시 조산을 지연시키는 조산 억제제를 투여 받았다. 이 조산 억제제는 건강보험의 비 급여 약품으로 개당 20만 원을 초과하는 고액이었는데 2주 동안 몇 개를 연속으로 투여했다. 〈1992년 당시 월 급여 평균 70만 원 정도였으니까 20만 원은 꽤 큰돈이다.〉

신생아는 아무리 빨리 태어나도 최소한 32주는 넘겨야 정상적인 건강을 유지할 수 있다는 것이다. 따라서 최소한 2주 이상은 조산 억제를 투여해야 하는 상황이었다. 조산 억제제를 투여 받으면서 아내의 몸 상태가 점차 좋아지고 임신 32주를 넘어서면서 아이를 출산해도 큰 문제가 없을 것이라는 의사의 소견이 나왔다. 아내와 협의 끝에 출산 후 편의를 고려해서 다시 집에서 가까운 충북대학교 병원으로 돌아왔다.

임신 32주 기간을 약물에 의존해서 간신히 채운 뒤에 1993년 6월 1일 오후 5시경에 팔삭둥이의 아들을 낳았다. 출산 예정일보다 8주나 앞당겨 태어난 탓에 몸무게가 겨우 2.3kg으로 미숙아 수준이었다. 다행히 건강에는 별 이상이 없이 태어나서 시간이 지나면서 건강이 정상아의 모습으로 돌아왔다.

다만, 첫아들이 심한 저체중으로 출생한 탓에 영아기 때는 감기나 뇌수막염 등 질병 치레를 심하게 해서 입원하거나 병원 치료를 받는 일이 잦았다. 그러던 아들이 점차 시간이 지나면서 정상체중을 회복하고 건강에도 아무 문제가 없었다.

덕담이라고 생각하고 있었지만, 농담 중에 더러는 한명회 이야기를 해주는 사람도 있었다. 조선 왕조 단종부터 성종에 이르기까지 4대에 걸쳐 33년간 정치 일선에서 파란만장한 일화를 남긴 한명회도 팔삭둥이로 태어났다는 것이다. 조산한 아이가 더 영리하고, 큰 인물이 된 사람이 많았다고 했다. 많은 사람이 덕담을 해줘서 큰 힘이 되었다.

아무튼, 첫아들이 천신만고 끝에 어렵게 태어나고, 3년 후에 둘째 아들이 태어났다. 이렇게 해서 나는 두 아들의 아버지로 진짜 어른이 되었다.

03

혈액형을 잘못 알고 지낸 30년

태어나고 자라서 세월이 한 참 흐른 뒤에 갑자기 자신의 혈액형이 뒤바뀐 사실을 알게 된다면 어떤 심정일까? 그것도 이립(而立)의 나이를 훌쩍 넘어서서 벌어진 일이라면 그 자체로 적잖이 당황스러울 수 있다. 그런데 이런 황당한 일이 나에게 벌어졌으니 참으로 어안이 벙벙할 따름이다.

나는 결혼을 한 이후까지도 혈액형을 AB형으로 알고 살아왔다. 초·중·고 시절의 학교생활기록부에는 당연히 혈액형이 AB형으로 기록되어 있고, 군 복무 중 보급받은 군번줄에도 분명히 AB형으로 새겨져 있다. 가정이지만, 군 복무 중에 전쟁이 나거나 불의의 사고로 큰 부상으로 긴급하게 수혈하는 일이 벌어졌다면 어떤 일이 벌어졌을지 끔찍한 생각이 들

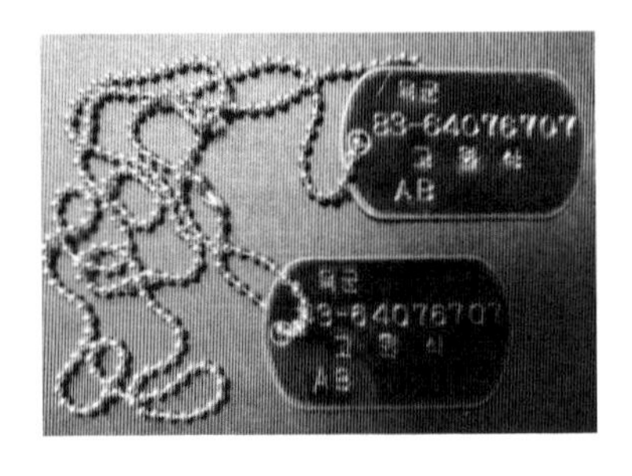

었다. 군번줄에 새겨진 AB형의 표식에 맞춰 혈액을 수혈받게 되었을 것이고, 결과적으로는 생명도 위태로워지는 지경에 빠졌을 것이다.

이렇게 나는 혈액형을 AB형으로 알고 평생을 지내오다가 정기 건강 검진 과정에서 혈액형이 AB형이 아니라 O형이라는 사실을 새로 알게 되었다. 태어나서 30년여 년의 긴 세월 동안 혈액형을 잘못 알고 살아왔다.

혈액형을 검사해 준 병원 관계자의 말에 따르면, 1970년대까지만 해도 혈액을 검사해서 혈액형을 정확히 판정할 수 있는 검사 방법과 판독 기술이 부족하던 시절이라 혈액형 판정 오류가 빈번하게 발생하곤 했다는 것이다.

혈액형을 검사하는 방법에는 혈구형 검사법과 혈청형 검사법 등 두 가지가 있다고 한다. 과거에는 주로 혈구형 검사법으로 혈액형을 판별했다. 이 방법은 바늘로 손가락 끝을 콕 찔러서 핏방울을 슬라이드 위에 떨어뜨려 응집 반응을 보고 혈액형을 판별하는 검사 방법이다. 이 방법은 검사 과정에서 시간이 좀 지체되면 혈액형의 판정 오류가 발생할 수도 있다고 한다. 반면에 혈청형 검사는 주사기로 혈액을 뽑아서 응집 반응 상태를 가지고 혈액형을 판정하기 때문에 오류 없이 정확하게 판정할 수가 있다는 것이다. 단점은 혈구형 검사보다 시간이 많이 소요되는 번거로움 때문에 학교나 군부대 등 단체로 혈액을 검사할 때는 기피 하는 경향이 있다는 점이다. 병원 담당자로부터 혈액형 검사 방법에 관한 설명을 들으면서 그럴 수도 있겠다고 수긍은 되었지만, 오랜 세월 동안 혈액형을 잘못 알고 살아왔다니, 그야말로 말문이 막힐 뿐이었다.

부언하면, 혈액형은 어느 나라나 A형이 가장 많고, 다음으로 B형과 O형의 순이며, 비율적으로는 AB형이 가장 적다고 한다. 그런데 특이하게도 페루 인들은 모두 O형의 혈액형을 갖고 있으며, 호주인은 B형과 AB형이 단 한 명도 없다고 하니 정말 흥미로운 일이다.

혈액형 유형과 성격의 연관성은 학자들이 꾸준히 연구해 오고 있음에도 아직껏 이렇다 할 만큼의 분명한 관련성을 내놓지는 못하고 있다. 그러나 혈액형의 유형이 수혈해야 하는 응급 상황에서 사람의 생명을 구해주는 매우 유용한 지표가 되는 것은 분명한 사실이다.

일상에서도 소개팅하는 자리이거나, 개인의 성격 등을 화제로 대화하는 편한 자리에서 혈액형과 성격을 연관 지어 화제 삼아 이야기하는 경우를 흔히 볼 수 있다.

혈액형과 성격의 연관성을 소개한 내용을 보게 되면, A형은 인간관계를 잘 맺고 원칙을 중요시하며 상대방을 배려하는 마음을 갖고 살아가는 유형이다. 한편으로는 상대방으로부터 감정의 상처를 쉽게 받는 성격이지만 꼼꼼하고 책임감이 강한 완벽주의자들이 많다. B형의 경우는 상대적으로 호기심이 많고 창의적인 성격으로 주변 사람들에게 별로 신경을 쓰지 않는다. 또한 언변이 좋아 사람을 잘 사귀는 성격이나 감정의 기복이 큰 것이 단점이다. 하지만 왕성한 호기심과 풍부한 상상력을 지니고 있어서 적극적인 모험가나 기업인 스타일이 주로 많다. 그리고 O형은 자기 주장이 강해서 지기 싫어하고 결단력이 있으며 감정의 뒤끝이 없다. 또 지도력이 잠재해서 보스 기질이 두드러진 타입이 주로 O형 출신이다. 끝으로 AB형은 비평하기 좋아하고 분석 능력이 좋다. 성격이 차분하고 수리 능력이 돋보이며 인간관계를 돈독하게 맺어가는 장점을 갖고 있지만, 내향적 성격으로 감정이 불안정한 편이다. 치밀한 분석력이나 정확한 판단력을 지닌 합리주의자들은 주로 AB형의 혈액형을 갖고 있다고 한다.

04

자랑스러운 평교사의 길

요즈음 세태를 두고, 혹자들은 스승은 없고 선생만 있다고 말한다. 교사와 일부 학부모들도 교권이 바닥에 떨어진 현실을 개탄하면서 자조(自嘲)하는 목소리도 심심찮게 들려온다. 아무리 현실이 그렇다지만, 교직이라는 직업이 아직은 평판이 괜찮고 퇴직 후에는 연금으로 노후도 보장되기 때문에 여전히 인기를 유지하고 있다.

일선 학교에서 학생들과 상담하다 보면, 장차 교사가 되어 돈을 좀 벌어보겠다거나, 안정적인 직업으로 인식되어 선생님이 되고 싶다고 말하는 학생들이 꽤 있다. 실제로 대학생들을 상대로 한 설문조사를 살펴보면 이러한 생각을 하고서 사범대학에 진학한 학생들도 적지 않다. 이러한 인식을 지닌 학생들이 사범대학을 졸업하고 일선 교사가 되면 학생을 가르치는데 열정을 쏟기보다, 먼저 교감, 교장으로 승진하기 위해서 근평 점수를 획득하는 일에 더 민감하게 움직인다.

실제로 일선 학교의 분위기를 보더라도 수업 준비에 충실하고 묵묵히 수업에 열중하는 교사보다 행정적인 업무를 깔끔하게 잘 처리하고 관리자의 의중을 잘 파악하는 교사가 더 유능한 교사처럼 인정받고 우대받는 분위기다. 그리고 이러한 교사들이 승진 기회를 빨리 잡아서 출세하는 것이 교단의 현실이기도 하다. 그래서 스승은 없고 선생만 있다는 말이 회자되는 게 아닌가 하는 생각을 해 보게 된다.

그러나 교단에서 학생을 지도하는 선생님은 다른 직업처럼 개인의 능력만 갖추었다고 해서 쉽게 할 수 있는 직업이 되어서는 안 된다. 교사는 단순한 직업인이 아니라 사람을 키워내야 하는 막중한 임무를 수행하는 사람이다. 그러기 때문에 교사는 지식을 전달하는 역할뿐 아니라, 학생들과 소통하고 공감할 수 있도록 끊임없이 노력하는 투철한 사명감을 지닌 사람이어야 한다. 그래야만 학생들로부터도 존경받고, 또 사회로부터도 훌륭한 교사로서 박수갈채를 받게 된다.

또 존경받는 교사는 본분인 수업에 충실하고 학생들의 눈높이에 맞춰 그들과 부단히 소통하려는 노력을 게을리하지 않는다. 학생들이 자존감을 키워갈 수 있도록 격려해 주고, 공감 능력을 높여주는 따뜻한 가슴을 지니고 있어야 한다. 이것이 내가 알고 있는 바람직한 교육자의 모습이다.

나는 30여 년의 긴 시간을 진정한 교육자가 되기 위해, 그리고 일선 학교의 평교사로서 부끄러움이 없는 길을 걸어가려고 부단히 노력했다. 그러나 지나온 길을 돌아보면 진정한 교사라고 자신 있게 말하기에는 부족한 부분이 너무도 많다. 하지만 학생들로부터 부끄럽지 않은 교사가 되어야겠다는 다짐만큼은 흔들림 없이 꿋꿋하게 지켜 왔다.

그리고 담임을 맡아야 진짜 선생님이라는 생각도 변함없이 흔들리지 않고 지켜왔다. 이러한 마음가짐을 바탕으로 항상 학급 담임을 맡아서 학생들과 소통하려는 노력을 아낌없이 해왔고, 그러한 시간 속에서 선생님으로서의 자긍심을 느낄 수가 있었다.

내가 삼십여 년 동안 담임선생님으로서 학생들을 지도하기 위해 끊임없이 소통하고 솔선수범하면서 신념화한 것들이 있다.

먼저, 교사의 가장 중요한 책무는 수업에 충실해야 한다는 것이다. 나는 이 원칙을 지키기 위해서 어떤 일이 있어도 수업 시간만큼은 소홀함이 없도록 최선을 다해왔다. 돌이켜 보면 사소한 일로 수업에 늦게 들어간다거나 학기 중에 사적인 업무를 처리하기 위해 연가를 낸 적도 없다. 〈두 아들이 훈련소에 입대하던 날과 훈련을 마치고 퇴소하던 날, 발목 골절로 입원했던 기간에는 부득이 연가와 병가 처리를 했다.〉 교사는 항상 수업에 충실해야 한다는 생각을 지켜왔다. 학생들은 잘 가르치는 선생님을 좋아하지만, 열정을 갖고 열심히 가르치는 선생님은 더 좋아한다.

둘째, 특정 학생을 편애하거나, 자존감에 상처를 줄 수 있는 욕설에 가까운 비속어 등은 쓰지 않았다. 학급 운영에서 특정한 학생을 편애하게 되면 나머지 학생들로부터 신뢰를 얻기가 어렵다. 물론 학생들 모두 똑같이, 동등하게 지도하는 것이 쉬운 일은 아니다. 그러나 학생마다 장점을 찾아 질책보다는 칭찬을 많이 하는 방향으로 학생들을 지도했다. 가끔 상식을 벗어난 학생이 있을 경우라도 격한 언사나 비속어를 동원하는 등의 감정적인 대응은 하지 않았다. 마지막까지 격을 갖추어서 지도하려고 애썼고, 자존감을 훼손하는 발언과 행동은 극히 자제했다. 자존감을 훼손하고 마음의 상처를 주는 언행으로는 교육적인 변화를 기대할 수 없다고 생각했기 때문이었다. 학생들은 아직 여러모로 미숙하고 판단력도 부족한 시기이라 자존심에 상처받게 되면 교육적 효과는 고사하고 반발심만 드러낸다. 감정적으로 대응해서 얻을 수 있는 것은 별로 없다. 교사가 진정한 마음으로 학생에게 다가가면 학생이 교사에게 덤벼드는 등의 불미스러운 일은 절대 발생하지 않는다. 오히려 학생들 스스로 마음의 문을 열게 해서 소통할 수 있는 계기를 만들어 준다. 나와 사제의 인연을 맺은 학생들 가운데 갈등이 심해져서 문제가 된 적은 한 번도 없었다. 돌이켜보면서 참 다행한 일이 아닐 수 없다.

셋째, 학생들이 주변 정리를 잘하고 책임감을 키울 수 있도록 지도하는 일에 정성을 쏟았다. 자기 관리에 충실하고 책임을 다하는 반듯한 성품을 지닌 사람들이 많아질수록 우리 사회도 더 따뜻해지고 행복해진다. 그러나 학생들에게 좋은 성품을 지니도록 하는 지도 과정이 구호로만 되는 것이 아니고, 그렇다고 짧은 기간에 될 수 있는 것도 아니다. 교사가 학생들에게 지시하고 전달하면서 군림하는 모습으로 될 수 있는 것은 더욱 아니다. 내가 먼저 학생들 앞에서 솔선수범하고 직접 참여하는 모습을 보여주는 것이 정말 중요하다. 그렇게 함으로써 학생들의 마음을 움직이게 할 수 있고, 또 기대하는 행동의 변화도 끌어낼 수가 있다.

일선 교단에서 학급 담임 업무를 수행하다 보면, 자신의 노트와 학용품 등의 사물을 잘 정리하지 못하고 주변에 나뒹굴게 하는 학생, 각종 쓰레기를 교실 바닥에 아무렇게나 막 버리는 학생, 또는 청소 시간에 자신의 청소구역이 있음에도 책임을 다하지 않고 딴청을 피우는 학생 등등, 잘못 형성된 습관으로 바람직스럽지 못한 행동을 반복해서 하는 학생들을 흔히 볼 수 있다. 이러한 학생들은 자신도 모르는 사이에 바람직스럽지 못한 잘못된 습관이 굳어진 결과이기도 하도 하다. 따라서 교사가 아무리 습관 개선을 위한 생활지도에 힘을 써도 쉽게 개선되지 않고 똑같은 행동을 반복한다. 지켜보다 못해 내가 직접 흐트러진 사물을 정리해 주고 교실 바닥에 버려진 쓰레기도 직접 줍는다. 청소 시간이 시작되면 학생들보다 먼저 교실 바닥을 쓸고 닦으면서 직접 청소한다. 담임선생님이 직접 교실 바닥을 청소하는 모습을 본 학생들은, 선생님이 청소 지도를 하셔야지 왜 직접 청소하냐면서 의아한 듯이 말하기도 한다.

교육에는 정도(正道)가 없다고 하지만, 나는 솔선수범하는 모습을 보여주는 것이야말로 그 자체가 교육적인 활동이라고 생각하고 있다. 담임선생님의 솔선수범하는 모습이야말로 학생들에게 행동의 변화를 끌어낼 수 있는 좋은 교육 방법이다.

교사가 본보기가 됨으로써 학생들은 점차 주변 정리도 잘하고 교실 바닥에도 버려지는 쓰레기도 눈에 띄게 줄어들었다. 청소 시간에 책임을 미루고 빈둥거리던 아이들도 자신이 맡은 청소구역을 열심히 청소하는 학생으로 바뀌었다. 이렇게 학생들이 서서히 변화되어 가는 모습을 보면서, 교육은 말로 지시하고 전달하는 것이 아니라 교사의 솔선수범이 학생들의 마음을 움직이게 한다는 믿음을 갖게 되었다. 이렇게 교육 일선의 교실에서 2세 교육에 젊음과 열정을 쏟으며 평교사, 담임교사로서 30여 년을 뚜벅뚜벅 걸어왔다.

1990년 3월, 교단에 첫발을 내딛고 긴 시간이 흘렀다. 그동안 샛길을 가볼까 하고 곁눈 팔지 않고, 오롯이 평교사의 외길을 걸어왔다. 오직 평교사로서 학생들과 희로애락을 함께하며 교육자의 본분에 충실해야 한다는 소신을 끝까지 실천하며 살아왔다. 그동안 내가 걸어온 사도의 길을 추억하며 보람과 긍지를 느낀다. 이제 희로애락을 함께하며 청춘과 젊음을 불태운 정든 교단을 떠나고 새로운 삶을 찾아가며 금석지감(今昔之感)을 느낀다. 그 사이에 인생의 열차는 청춘의 시간, 장년의 시간을 지나고 중년의 시간을 뛰어넘어, 이제 노년의 시간 앞에 서 있다.

만약 내세(來世)가 있어서 내가 다시 태어난다고 해도, 기꺼이 교육자로서 자랑스럽게 달려온 교육자의 삶, 평교사의 길을 다시 한 번 걸어가고 싶다.

05

장남 노릇

나이 예순 살을 이순(耳順)이라고 한다. 즉 자신의 삶을 운명으로 받아들이고 세상의 순리에 따를 줄 아는 나이다. 이 나이가 되면 사람이 한평생을 살아오면서 자신이 어떤 삶을 살아왔고, 앞으로 남은 인생의 후반전을 어떻게 살아갈 것인지를 가늠하며 세상의 순리대로 살아갈 준비를 하게 된다.

지금의 60대 세대는 1960년 전후에 태어난 베이비부머 세대로 흔히 낀 세대라고도 부른다. 이들 세대는 이미 퇴직했거나 퇴직을 목전에 둔 세대로, 가정에서는 부모님을 모시면서 자식들도 챙겨야 하는 어깨가 가볍지 않은 세대다. 그래서 이들 세대를 마치 세대 〈부모를 봉양하는 마지막 세대이면서 자식으로부터 봉양을 못 받는 처음 세대〉 라고도 부른다. 나

역시 60대로서 아직 살아계신 어머니도 살피고 두 아들의 자립도 챙겨야 하는 대표적인 마처 세대다.

각설하고, 젊은 시절에는 그런대로 건강한 삶을 살아오신 부모님이 중년기 이후부터는 각종 질병이 동시다발적으로 찾아오기 시작했다. 오랫동안 어려운 형편을 견디어오며 몸을 너무 혹사하여 질환이 생겨난 것으로 보였다.

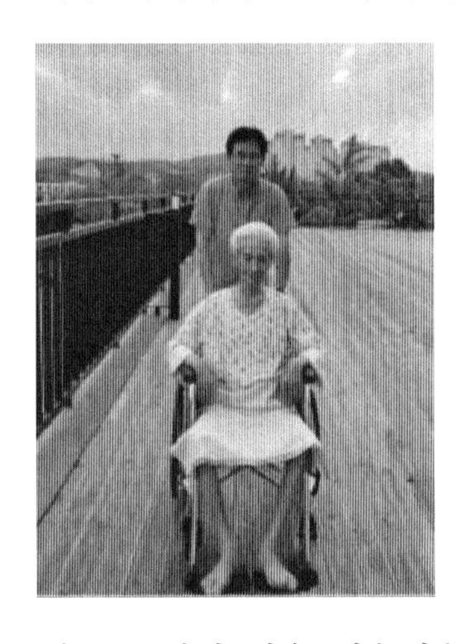

아버지는 60대 중반까지는 바깥 활동에 어려움 없이 그런대로 건강을 유지하던 중 척추 협착증이 나타나 허리 통증을 호소하기 시작했다. 척추 협착증은 척추 사이의 연골이 닳아 없어지면서 척추와 척추 사이의 뼈가 맞닿아 나타나는 증세로, 허리를 굽혀서 일을 계속해온 농부들이 주로 앓는 병세라고 한다. 아주 오랜 세월을 허리를 구부리고 논일, 밭일 등을 하느라 척추 연골이 모두 닳아 버린 것이 주범이었다. 척추 협착증으로 불편을 겪고 있던 와중에 69세 되던 2007년에는 위내시경 검사로 위암을 발견하고 서울아산병원에서 위 절제 수술을 받았다. 그러나 예후가 좋지 않아 2년 뒤에 위암이 재발하여 충북대학교 병원에서 다시 수술에 들어갔다. 그 후 잇달아 담낭암 수술, 갑상선 치료 과정에서 척추 협착증이 악화되어 정상적인 생활이 어렵게 되었다. 어쩔 수 없이 요양병원에 입원하여 14년의 병원 생활을 하던 중에 2022년 설날 아침에 갑자기 저혈압 증세로 효성병원 응급실로 이송하여 치료 중에 병세가 악화하여 운명하였다.

어머니는 1994년 겨울방학에 위내시경 검진을 통해 위암을 발견했다. 초기 위암은 아니었으나 원자력병원에 입원해서 위 절제 수술을 받은 후 다행스럽게 완쾌가 되었다. 정강이뼈 수술, 위암 수술 후에도 뇌경색, 틀니 치료, 중이염, 백내장, 폐색전증 치료 등 여러 질병이 연이어 생겨났으나, 그때그때 치료를 한 덕분에 현재는 기본적인 활동을 하는 정도의 건강을 유지하고 있다.

부모님이 건강하게 여생을 보냈으면 하는 바람은 어느 자식들이나 똑같은 마음이지만, 인생사가 뜻대로 되지는 않는 것 같다. 아버지의 병원 생활이 길어지면서 당신도 힘겨워하고 의료비 부담도 무시할 수는 없었지만, 생을 마감하는 날까지 아버지가 편안한 마음으로 지낼 수 있도록 잘 살펴드려야겠다는 다짐을 했다. 그러나 매사가 생각한 대로 되지는 않는다.

어쨌든, 돌아가신 분에 대한 추모의 마음도 소중하지만, 살아 계신 분을 잘 살피는 일이 진짜 효도가 아닐까. 못생긴 소나무가 선산을 지킨다는 말이 있다. 어머니 곁에 늘 함께 있지는 못하더라도 아무리 바쁜 와중에도 시골집의 어머니를 자주 찾아뵌다. 시골 행은 어머님을 뵙는 가장 소중하고 행복한 시간이다. 어머니를 뵈는 시간에는 겸해서, 텃밭에 상추, 가지, 호박, 고추 등의 채소를 가꾸어 서로 나누어 먹는 기회도 주어지니 보람은 두 배가 된다. 채소 가꾸기가 힘든 일이라고 생각할 수 있겠지만, 운동한다는 생각으로 움직이다 보면 머리도 맑아지고 근력도 탄탄해져 건강도 챙길 수 있으니 일석 삼조의 효과를 얻을 수가 있다. 어머니 옆에서 채소를 심고 가꾸는 시간은 그 자체로 힐링의 시간이다.

퇴직 후의 시간을 주로 어머니를 위주로 쓰려고 하다 보니 여가생활에는 다소 소홀해질 수밖에 없다. 하나를 얻으면 하나는 잃는 것이 세상사의 이치가 아닌가. 나에게 주어지는 시간을 취미생활을 즐기면서 나를 위해 쓰는 것도 좋은 일이지만, 어머니와 함께 보내는 시간은 마음을 더 뿌듯하게 해 준다.

맹자는 군자의 세 가지 즐거움 중에 부모님이 살아 계시고, 가족들이 탈 없고 건강한 것이 첫 번째 즐거움이라고 했다. 맞는 말이다. 부모님이 살아 계시고, 가족이 모두 건강하면 그 자체로 행복 충만이다. 부모님이 돌아가시면 효도하고 싶어도 할 수가 없다. 부모님이 살아 계실 때 섬기기를 다해야 한다는 의미로 늘 가슴에 새기면서 살아가고 있다. 어머니의 여생이 길지가 않다는 것을 생각하면 살아계실 때 한 번이라도 더 찾아

뵙는 것이 현명한 생각이라는 마음으로 생활하고 있다.

주변을 돌아보면 부모의 재산분배 문제 등으로 형제간에 불화하는 경우를 종종 볼 수 있고, 심한 갈등으로 극단적인 상황으로 치닫는 일도 심심찮게 벌어진다. 모든 갈등은 서로 욕심을 부리는 데서 시작된다. 내가 좀 더 갖겠다고 하는 욕심을 줄이고 서로를 배려하고 양보하는 마음으로 살아가면 어떠한 갈등도 일어나지 않는다.

가정이 화목해야 하는 일이 잘된다. 가화만사성(家和萬事成)이다. 잘되는 집안은 부모와 자식 간에, 형제자매들이 화합해서 도움을 서로 나누며 힘이 되어 준다. 반대로 망해가는 집안은 서로 불신하며 서로의 잇속만 챙기기에 급급하여 단합이 안 되고 늘 시끄럽다. 가문이 번성하는 집안은 자식들이 부모님을 잘 받들고 공경하며 형제자매 사이에도 우애가 두텁다. 무너지는 집안은 부모님을 홀대하고 형제간의 우애를 짓밟는다.

조부님은 생전에 어떤 일이 있어도 부모를 잘 살피고, 형제간에 우애 있게 잘 지내야 한다는 유훈을 선물로 주셨다. 조부님께서 주신 유훈은 시간이 흘러도 잊지 않고 가슴에 새기면서 살고 있다. 집안이 행복해야 식구들도 다 함께 평안하고 그래야 하는 일마다 순조롭게 풀려간다. 서로를 이해하고 존중하면서 한 걸음씩 양보하는 마음으로 살아가면 가문은 대대로 복을 받고, 행복하고 평화로울 것이다.

06

최고의 선물

요즘 방송이나 신문 등의 보도 기사를 접하면, 재벌 2, 3세들의 갑질, 횡포와 관련한 기사가 끊이지를 않고 보도가 되고 있다. 자신의 운전기사를 폭행하고 술집에서 술에 취해 행패를 부리기도 하며, 기내에서 난동을 부리거나 마약에 빠져 사회적 물의를 일으키는 등, 상식 밖의 행태들이 끊임이 벌어지고 있다. 재벌 3세들은 부모를 잘 만나 왕자나 공주처럼 살아온 금수저 출신들로 이들을 바라보는 사회적 시선은 따가움 그 자체다.

그런데 이들 재벌 3세들이 사회적으로 지탄받는 행태는 차치하고, 평범한 사람들 가운데도 특별히 하는 일 없이 고급 외제승용차를 타고 다니면서 흥청망청 사치 행각을 벌이는 젊은이들도 주변에서 흔히 볼 수 있다. 이들은 부모로부터 큰 부(富)를 물려받아 한몫씩 챙긴 사람들로 부모를 잘 만난 사람들이다. 그러나 온전하지 않은 부의 대물림은 사상누각처럼 얼마 지나지 않아 탕진하거나 형제간의 재산 싸움으로 불행의 씨앗이 되기도 한다.

나는 부모님으로부터 자갈밭 한 뙈기도 물려받지 못한 이른바 흙수저 이지만, 그 무엇과도 견줄 수 없는 가장 소중한 유산을 선물로 물려받았다. 조부님으로부터 성장 과정에서 예의범절이라든가 신중함과 절제력, 근면함 같은 삶에서 매우 중요한 자양분을 자연스럽게 터득했기 때문이다. 예의범절은 사람이 사람답게 살아갈 수 있게 해주는 삶의 중요한 기본 덕목이며, 신중함과 절제력, 근면함은 삶을 튼튼하게 해주는 주춧돌이라고 생각한다.

어릴 적에 집안에 귀한 손님이 방문하기라도 하면 조부님은 항상 맏손자인 나를 사랑방으로 불러들여 손님께 큰절하게 했다. 큰절 뒤에는 손님 앞에 두 손을 가지런히 모으고 공손히 앉아서 덕담을 듣고 난 후에 밖에 나가서 놀도록 가르쳤다. 또 설날 아침에는 마을의 어른들께 꼭 세배를 다녀오도록 가르쳤다. 평소에 예의범절은 생활 속에서 가장 중요한 덕목이었고, 이웃과의 관계에서는 어떤 일이 있더라도 얼굴을 붉히거나 언성을 높이는 일은 금물이었다. 마을 사람들과 불편한 관계를 만들지 않고 좋은 이웃으로 지내야 한다고 가르쳤다.

아버지도 한평생을 오직 일만 하며 근면하고 성실하게 살아가는 모습을 직접 보며 자랐다. 70년대에 도시화가 빠르게 진행되면서 약삭빠른 사람들은 돈 좀 벌어보겠다고 도시로 떠나고, 어떤 이는 농사일 대신 행상(行商)이라도 벌였다. 그러나 아버지는 이른 아침부터 해지는 저녁까지 밭을 갈고 콩을 심고 김을 내면서 평생을 흙과 더불어 살아왔다. 추수가 끝난 농한기에는 부족한 생활비를 마련하기 위해 험하고 위험한 벌목 노동을 나가는 때도 많았다. 일 년 내내 쉬지 않고 몸이 부서지도록 우직스럽게 일만 했다. 결과야 어찌 됐든 근면하고 성실한 삶 그 자체였다. 사람은 살아있는 동안에 근면하고 성실하게 살아가야 한다는 것을 몸으로 보여주었다.

어머니는 구멍 난 양말을 몇 번씩 꿰매고, 수건이 해지면 행주로 쓰고, 속옷이 해지면 버리지 않고 걸레로 썼다. 제삿날 먹고 남은 조기 대가리는 칼로 여러 번 곱게 다져서 몇 차례 밥상에 더 올렸다. 쌀뜨물, 설거지물까지도 쇠죽물로 사용했고, 쌀 한 톨도 함부로 버리지 않았다.

부모님은 평생토록 가족과 함께하는 여행이나 외식 한번 해본 적이 없다. 그렇다고 가난한 현실을 탓하거나 불평불만을 토로하지 않았다. 한평생을 긍정적인 사고방식으로 주어진 현실에 순응하면서 묵묵히 살아왔다. 부족하면 부족한 대로 아껴 쓰고 절약하는 정신을 생활 속에서 몸소 실천했다.

자식은 부모의 거울이라고 한다. 자식들은 부모가 살아가는 모습을 보고 똑같이 보고 배운다는 뜻이다. 아니 한 걸음 뒤에서 부모의 뒷모습을 보고 자란다는 의미이기도 하다. 물론 아이의 성격에 따라 부모의 부정적인 면을 배울 수도 있으나 이는 매우 드문 경우다.

나는 지금도 어쩌다 지인의 집이나 친척 집을 방문했을 때, 집안에 어르신이 계시면 반드시 엎드려 큰절을 올린다. 역시 처가를 방문했을 때는 장인어른 앞에 서서 큰절을 올렸다. 큰절을 올리는 것이 허리를 굽혀 인사하는 것만큼 자연스럽고 편하게 느껴진다. 어르신 앞에서 정중하게 큰절로 인사를 드리면 기분도 좋고 내 마음이 훨씬 더 편하다. 알고 보면 절은 자기 자신에게 하는 것이다. 덕행은 쌓으면 쌓을수록 고스란히 다시 나에게 돌아오는 법이다. 밑천 들이지 않고 누구나 손쉽게 할 수 있고, 또 내가 행한 것 이상으로 되돌려 받는 것이 인사 예절이다.

부모님이 지녔던 삶의 정신을 본받아 나 역시도 선하고 부지런히, 그리고 열심히 살아가려고 노력한다. 그동안 살아오면서 상식을 벗어난 행동으로 지탄을 받았다거나, 원성을 사본 적이 한 번도 없다. 누구에게 시비를 걸어 욕 한번 해 본 적도 없다. 자랑할 일은 아니지만 정말 선하고 정직한 모습으로 살아왔다고 자부한다. 또 삶에 안주하거나 타성에 젖지 않고 하루하루 열심히 살고 있다.

집에서 머물 때도 공연히 낮잠을 잔다거나 무료하게 시간을 보내지 않는다. 책이나 신문을 읽고 집 청소를 한다든지, 심심하다 싶으면 운동하러 나간다. 아니면 세차라도 하면서 시간을 관리한다. 육체적인 일이든, 지적인 일이든 찾아서 하는 습관이 몸에 배어 있다. 이렇게 늘 부지런하게 움직이는 게 습관이 돼서 인지는 모르겠으나 건강은 덤으로 챙기는 것 같다. 노년기를 코앞에 둔 나이가 되었음에도 당뇨나 혈압, 콜레스테롤 등의 건강 수치가 모두 정상을 유지하고 있다. 몸무게는 20대 때에 입었던 바지를 입어도 몸에 맞을 정도로 표준 체중을 그대로 유지하고 있다. 지금까지 내가 건강하게 생활하고 있는 것은 부모로부터 배운 부지런하고 절제하는 삶 덕분이다.

또한 근검절약을 몸으로 살아온 부모님의 생활은 나를 검소와 절약을 실천하는 어른으로 성장하게 하는 밑거름이 되었다. 나는 생활 속에서 종이 한 장, 연필 한 자루도 가볍게 보지 않는다. 미국의 작가 J.레이는, '근면은 부의 오른손이요, 절약은 그 왼손이다.'라고 말했다. 맞는 말이다. 근검절약은 건강하고 균형 있는 삶의 기본 얼개라고 믿고 있다. 이러한 삶의 소중한 자양분은 조부님과 부모님으로부터 물려받은 최고의 선물이며, 자손들에게 오롯이 전승해야 할 할 최고의 자산으로 생각하며 살아가고 있다.

07

두 아들에게 쓰는 편지

두 아들(희준, 희문)이 세상에 태어나 아장아장 걸음마를 배우던 때가 엊그제 같다. 그런데 금세 시간이 흘러 20대 청년기를 넘어서고 있다. 아버지 역시 젊은 4~50대를 지나 어느새 흰 머리가 뒤덮인 60대가 되어 노년기를 목전에 두고 있다. 우리의 삶이 젊었을 때는 더딘 것 같지만, 어느 순간 3~40대로 접어들고, 눈 깜짝할 사이에 5~60대를 맞이하는 게 인생인 것 같다. 그래서 짧은 청춘의 시간은 그 자체로 눈부시고 더없이 소중한 시간이다.

너희는 이제 그 소중한 청춘의 시간을 지나면서 장차 어떻게 살아가야 할지를 고민하고 있을 줄 안다. 나는 아버지로서, 그리고 너희보다 오랜 시간을 살아온 인생의 선배로서, 삶의

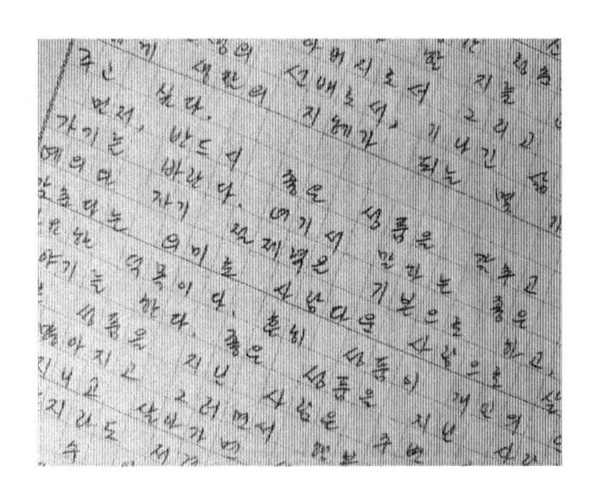

여정을 준비하는 너희 두 아들에게 생활의 지혜가 되는 몇 가지 당부의 말을 해주고 싶다.

먼저, 좋은 품성을 갖추고 반듯한 사람으로 살아가기를 바란다. 품성이 반듯한 사람은 어떤 상황에서든지 감정에 좌우되지 않고 절제력을 발휘하여 실수하는 우(愚)를 범하지 않고 지혜롭게 살아갈 수가 있다. 좋은 품성을 지닌 사람은 좋은 운명을 가져온다고 한다. 왜냐하면 좋은 품성을 지닌 사람은 좋은 사람과 만나 행운을 가져오고, 품성이 나쁜 사람은 주변 사람들과 갈등을 겪는 일이 많아지고 그러면서 행복과 점점 더 멀어지게 만든다. 좋은 성품을 지니고 살아가면 설령 어떤 난관에 봉착하더라도 지혜를 발휘해서 그 어려움을 슬기롭게 이겨낼 수 있을 거다. 품성이 반듯하지 못한 사람은 설령 현재에 만족하더라도 결코 행복할 수 없다. 행실이 올곧지 않으면 사람들로부터 신뢰를 잃게 되기 때문이다.

사람이 재산이라는 말도 있다. 너희는 앞으로 무수히 많은 사람과 만나게 될 것이고, 또 새로운 사람과도 계속해서 사귀게 될 텐데 그럴 때마다 늘 한결같은 모습으로 신뢰받는 사람으로 살아갔으면 좋겠다.

장차 배우자를 만날 때에도 마찬가지다. 심성이 착하고 따뜻한 마음씨를 지닌 사람을 반려자로 만날 수 있으면 좋겠다. 온화한 심성을 지닌 사람은 어떤 갈등이나 어려운 문제에 직면했을 때 신중함과 절제력을 발휘해서 지혜롭게 풀어간다. 심성이 옹졸하고 인색하면 목소리가 커지고 감정이 앞서게 되고 상황을 더욱 악화시킨다. 성품이 갖추어지지 않으면 외모고 능력이고 간에 둘째다. 꼭 명심했으면 좋겠다.

그리고 한평생을 살면서 중요한 것이 시간 관리다. 살아 있다는 것은 시간이 있다는 것을 의미하기 때문에 시간은 세상의 어떤 것보다 소중하다. 미국의 유명한 과학자이면서 정치가였던 벤자민 플랭클린은 시간에 대하여 다음과 같은 명언을 남겼다. "너는 생명을 사랑하느냐, 그렇다면 시간을 낭비하지 말라. 시간이야말로 인생을 구성하는 요소이기 때문이다" 자신에게 주어진 시간을 소중하게 생각하고 멋진 미래를 위해 가치 있게 활용하는 사람만이 한 번뿐인 인생을 더 행복하게 살아갈 수 있다는 의미이다. 지금은 젊기 때문에 시간이 많은 것처럼 느껴질 수 있다. 그러나 곧 이 젊음의 시간도 순간에 불과하다는 사실을 깨닫게 된다. 그래서 항상 시간이 소중하다는 것을 가슴에 새기면서 짧은 시간이라도 알차게 사용할 수 있도록 힘써야 한다. 비록 자투리 시간일지라도 낭비하지 말고 의미 있는 시간으로 만드는 현명한 사람이 되었으면 좋겠다.

내 경험상 가벼운 책 한 권 정도 손에 두는 것도 시간 관리에 도움이 된다. 가령 누구를 기다리는 시간이나 무료한 시간에 짬짬이 책을 읽을 수 있어서 좋다. 나폴레옹은 전쟁터에서도 책을 읽었다고 하는데 삶에 필요한 지혜가 책 안에 있음을 알고 있었기 때문이다. 나는 고도원이 쓴 「고도원의 아침 편지」라는 책을 곁에 두고 자투리 시간이나 무료한 시간에 읽곤 한다. 분량이 짤막짤막해서 자투리 시간에 읽기 좋고, 마음의 비타민들로 꽉 채워져 있어서 더욱 좋다. 몇 번을 읽어도 읽을 때마다 깨우침을 주고, 삶의 지혜가 담긴 책이다. 너희들도 살아가면서 책을 옆에 두고 삶의 지혜를 충전해가기를 권한다.

또 꼭 실천해야 할 것이 있다. 항상 근검절약하는 자세로 살아가야 한다는 것이다. 오늘 할 일을 내일로 미루지 말고, 아침에 할 수 있는 일을 저녁으로 미뤄서도 안 된다. 부지런하고, 검소한 자세로 세상을 살아가면 절대로 곤궁하게 사는 일은 없을 것이다. 근검절약한다는 것은 단순히 돈을 아낀다는 뜻이 아니라, 자기 절제의 의미가 담겨 있다.

예를 들어, 배달 음식을 먹을 때 음식을 배달해달라고 주문할 수도 있고, 반대로 음식을 주문해놓고 배달 음식을 직접 가지러 갈 수도 있다. 전자는 편하기는 하지만 배달 비용을 내야하고, 후자는 배달 비용은 절약되지만 직접 수고를 해야 하는 번거로움이 있다. 하지만 직접 가지러 감으로써 배달료도 아끼고 덤으로 운동도 할 수 있는 일석이조의 이득을 볼 수 있게 된다. 비록 적은 돈이라도 불필요한 지출이라면 낭비되는 것을 막아야 하고 꼭 써야 할 곳에 쓴다는 생각으로 살아가는 것이 좀 더 현명한 삶이 아닐까 하는 생각이 든다.

또, 평생을 살아가는 동안에 어떤 일이 있더라도 형제간에 우애 있게 잘 지내기를 바란다. 요즘은 형제간에 우애가 무너져 서로 갈등하고 남남처럼 살아가는 사람들이 너무나 많다. 그러나 아무리 사회 풍조가 그렇더라도 너희들만큼은 서로 도우며 잘 지내야 한다. 혹시 형제 중에 누가 어려움에 빠지는 일이 있더라도 소홀히 대하지 말고, 먼저 다가가서 손잡고 함께 힘을 모으는 우애 있는 모습으로 살아가기를 바란다.

너희 형제는 지금까지 한 번도 서로 얼굴을 붉히거나 다투는 일 없이 사이좋게 지내온 것을 보면서 정말로 고맙고 대견스럽게 생각하고 있다. 장차 결혼하고 서로 가정을 꾸려서 살아갈 때도 늘 의좋은 형제로 살아가기를 당부한다. 그리고 4촌 형제들과도 서로 소통하면서 잘 지내기를 바라고, 정민이는 나이 차가 많은 4촌 동생이지만 친동생처럼 아껴주면서 잘 지내기를 특별히 바란다.

끝으로, 부모의 은혜도 잊지 않고 살아가는 반듯한 아들들이 되었으면 한다. 냉정하게 생각해 보면 엄마, 아빠의 수고 없이 우연히 주어진 것이 있을지를 생각해 보면 좋겠다. 너희들이 입는 속옷 하나, 양말 한 짝도 모두 엄마의 수고와 정성이 담겨 있는 물건들이다. 부모의 덕을 알고 행하는 것은 백행(百行)의 근본이라 했다. 주변에서 박수 받는 사람들은 하나 같이 된 사람들이다. 선인선과(善因善果), 악인악과(惡因惡果)라고 했다. 좋은 일을 행하면 좋은 결과를 가져오고, 나쁜 일을 저지르면 반드시 나쁜 결과가 따라온다. 부모님을 존중하고, 형제간에 우애 있게 지내는 사람은 세상을 올바르고 착하게 사는 삶이다. 이렇게 살아가는 사람들은 시간이 갈수록 많은 복을 받는다.

지금까지 아버지가 당부한 것들을 소홀히 여기지 말고, 너희가 인생을 살아가는 동안에 늘 마음에 새기면서 생활 속에서 꼭 실행하기를 바란다.

08

인생 2막의 새 출발

부지런한 사람들은 최소한 가난하게 살지는 않는다. 반대로 가난한 사람들을 보게 되면 대체로 게으르고 태만한 버릇을 갖고 있다. 성실하고 부지런하며 절제하는 생활 자세로 주어진 현실에 충실하면서 살아가는 사람은 큰 부자는 되기 어려워도 작은 성취는 충분히 이뤄내고 있다. 그러나 요즘에 와서는 계층 상승의 사다리가 과거보다 많이 약해져서 땀 흘려 일해도 삶의 질 개선이 수월하지는 않은 것 같다.

그러고 보면, 나는 정말 시대적 운을 잘 타고난 것 같다. 1990~2000년대 산업화의 절정기를 맞아 경제에 활력이 넘쳐 일자리가 넘쳐나면서 다양한 기회를 잡을 수 있었던 시절을 보냈던 덕분에 큰 어려움 없이 중산층의 반열에 들어설 수 있었다. 시쳇말로 시대의 줄을 잘 선 때문이었다.

결과가 어찌 됐든, 나는 어릴 때부터 장차 사회에 진출하게 되면 누구보다 더 열심히 삶으로써 가난하게 살지는 않겠다는 다짐 속에 살아왔다. 어려운 집안 형편을 탓하거나 원망하지 않고 현실을 있는 그대로 받아들이면서 주어진 삶에 최선을 다해왔다. 나도 할 수 있다는 마음가짐으로 십 대와 이십 대를 힘차게 달려왔고, 소망한 꿈도 이뤘다. 결혼 후에는 허리띠를 졸라매고 지출을 아껴가면서 저축하고, 그렇게 하면서 생활의 기반을 단단히 다져왔다. 이제는 누구를 만나든 밥 한 끼 근사하게 대접할 수 있는 경제적 여유도 생겼다.

내가 이룬 성취가 비록 대단하지는 않더라도, 이제부터는 나를 위한 삶이 아니라 가진 것을 조금씩이라도 나누면서 주변의 누군가와 함께하는 삶을 살아가려고 노력한다. 받는 기쁨. 주는 행복이라는 말이 있다. 큰 성취를 이룬 사람이 공익을 위해 많은 재산을 기부하고 자선활동을 펼칠 수 있다면 더 바랄 게 없겠지만, 그 정도까지는 아니어도 누군가에게 작으나마 따뜻한 손길을 건네면서 살아갈 수 있다면 그 자체로도 의미 있고 빛나는 삶이다. 모으는 삶도 좋은 일이지만, 주는 삶이 훨씬 더 기쁘고 행복하다는 것은 누구나 다 안다. 특히 인생 2막을 살아가는 동안에 도움의 손길을 청하는 사람이 아니라, 남을 위해 내 손을 내어 주는 삶을 살아갈 수 있다면 더없이 멋진 삶이 아닐까.

따라서 이제부터 시작하는 인생 2막의 시간은 누군가에게 도움을 주는 삶을 살아가기 위해 노력하고 있다. 안도현의 시 「너에게 묻는다」에서 노래한 연탄재 같은 삶 말이다. 재능 기부도 좋고, 시간적 봉사도 좋고, 방법이 무엇이든 간에 그러한 마음가짐으로 참된 삶의 가치를 실천하며 살아가려고 한다.

지나온 시간을 돌아보면, 어려운 과정이 없지는 않았지만, 큰 시련이나 역경을 만나지는 않았다. 이는 내가 지혜롭게 살아온 덕분일 수도 있지만, 그보다는 나에게 좋은 기운이 함께 해주었기 때문이라고 생각한다. 그래서 건강하고 평화로운 나날을 맞이할 수 있었다고 믿고 있다. 그런 면에서 늘 하루하루를 겸손하게 감사하는 마음으로 살아가고 있다.

나이 60살을 넘어서면 돈 많은 사람보다 건강한 사람이 더 부자라고 한다. 전적으로 공감하는 말이다. 몸이 건강해야 활동할 수가 있고 그래야 나의 포부도 펼쳐나갈 수가 있게 된다. 그래서 건강관리가 무엇보다 중요하다. 오늘날 예방 의학의 발달과 건강에 대한 인식이 높아지면서 기대수명이 늘어나고 노인 인구도 빠르게 증가하고 있다. 아무리 그렇더라도 건강이 자신의 노력 없이 공짜로 주어지는 것은 아니다.

은퇴 후에 인생 2막을 활력 있게 보내기 위해서는 다섯 가지 요건을 갖추어야 한다고 한다. 첫째는 건강이고, 둘째는 자립 능력, 그리고 셋째는 가족 구성원과 화목하게 사는 것, 넷째는 소통할 수 있는 사람이 곁에 있어 주는 것, 마지막으로 열정을 쏟을 수 있는 나만의 활동무대를 만드는 것이라고 한다.

현대인들 가운데, 특히 젊은이들을 보면 자신이 늘 건강할 것으로 생각하면서 건강 문제를 대수롭지 않게 여기는 것 같다. 생활의 편의만을 쫓아 콜라, 햄버거, 피자나 빵 등의 자극적이고 기호적인 식단의 음식 문화에 빠져들고 있다. 이러한 바람직스럽지 않은 식습관으로 인해 비만 인구가 늘어나고, 영양의 불균형으로 당뇨와 고혈압, 심혈관 질환 등 각종 기저질환으로 고통을 겪고 있는 사람들이 급증하고 있다.

결국, 개인의 건강도 기회비용의 관점에서 바라봐야 한다. 잘못된 생활 습관으로 인해 나타나는 각종 질환을 예방하기 위해서는 운동도 중요하고 균형 있는 식단으로 올바른 식습관을 실천하려는 각고의 노력이 무엇보다 중요하다.

이러한 관점에서, 인생 2막의 시간은 여가 선용과 건강 증진의 측면에서 텃밭을 활용하여 생태 농업 성격의 유기농 채소를 기르고 있다. 이전에도 막간을 이용해서 마늘, 상추, 파, 브로콜리, 감자, 가지, 토마토, 더덕 등의 채소와 배, 포도, 블루베리 등의 유실수를 심고 가꾸어 왔던 터라, 퇴직 후에는 시간적 자유로움 덕분에 오염되지 않은 유기농 채소를 가꾸어 건강을 챙기는 행운을 누리고 있다. 정성들여 수확한 농산물을 가족과 형제, 지인들과 함께 나누어 먹으며 서로 간에 신뢰와 건강도 도모하면서 나누는 삶을 실천할 수 있으니 정말 보람 있는 일이다. 인생 2막의 시간도 이처럼 부지런히 걷다 보면 건강과 행복을 더불어 챙길 수 있게 될 것이다.

그리고 인생 2막을 더 보람 있게 보내려면, 친구든, 선·후배든, 이웃사촌이든 허물없이 마음을 터놓고 대화할 수 있는 상대가 있어야 한다. 나이를 먹을수록 새로운 친구를 사귀는 일이 더욱 어려워진다고 한다. 그래서 기존에 좋은 관계를 맺어왔던 사람들과 돈독함을 유지하며 지내는 일이 무엇보다 중요하다. 그러고 보면, 언제든지 차 한 잔 함께하며 속마음을 드러내고 편안하게 대화를 나눌 수 있는 소중한 사람들을 곁에 두고 있다는 게 얼마나 다행스럽고 행복한 일인지 모른다.

09

자서전 쓰기를 마치며

몇 년 전부터 자서전을 써 보겠다고 마음을 먹고 있었다. 그러나 막상 자서전을 써 보려고 하니 엄두가 나지 않았다. 어떻게 시작하고 무슨 내용을 담아야 할지, 그리고 나처럼 그저 평범한 사람이 자서전을 쓰는 것이 합당한 일인지 등등 고민도 적지 않았다. 그러다가, 꼭 성공한 인물을 통해서만 배울 점이 있는 것은 아니다 는 생각도 하게 되었다. 오히려 실패한 사람에게서도 반면교사의 배울 점이 있고, 하루하루 땀 흘리며 열심히 살아가는 갑남을녀의 삶에서도 지혜와 깨우침을 얻을 수 있다.

그런 이유로 자서전을 써야겠다는 생각으로 결심했다. 지나온 가족사의 흔적들이 누군가에게는 울림이 되고 삶의 지혜를 줄 수가 있다는 생각이 들어 꼭 기록으로 남기고 싶었다. 주위에서는 평범한 소시민이 주제넘게 무슨 자서전을 쓰느냐는 이야기도 들었다. 그러나 나와 같은 평범한 필부의 삶에서도 내디뎌온 한 걸음, 한 걸음이 누군가에게는 감동이 되고 힘을 줄 수 있기 때문이다. 또, 지나온 삶의 족적을 하나하나 기록함으로써 그 자체로 의미가 있다고 생각되었다.

그리고 설령 뭇사람들이 이 자서전을 깊이 있게 읽어주지 않는다고 하더라도, 두 아들만큼은 한 줄 한 줄 꼼꼼히 읽고 의미를 새겨 볼 거라 믿고 있다. 두 아들이 이 자서전을 읽고 우리 가족의 내력과 아버지가 살아온 모습을 통해 내면을 살피고 교훈을 얻어 좀 더 나은 삶을 살아갔으면 하는 바람도 있다. 그리고 사랑하는 조카들 하나, 아라, 세아, 예빈이, 윤진이, 재호, 유진이, 막둥이 정민이까지 모두 이 책을 꼭 읽기를 바란다. 조카들 모두가 증조부와 할아버지, 할머니가 살아 온 삶의 흔적을 돌아보며, 앞으로 조카들이 세상을 살아가는데 작으나마 힘이 되었으면 하는 바람도 갖고 있다.

이렇게 해서, 짬짬이 틈을 내서 한 자 한 자 써나간 원고지가 한 장 한 장 쌓이고, 한 편의 작품으로 완성이 되었다. 우공이산(愚公移山)의 의미를 이제야 조금은 알 것 같다.

돌이켜보면, 학창 시절부터 지금까지 주어진 삶에 충실하면서 최선의 노력을 다해 달려왔다. 좌절하지 않고 힘차게 달려온 60년의 세월이다. 지나온 삶의 여정은 한 점의 후회도 없고 자랑스럽다. 2022년 10월 3일은 결혼 30주년이 된 날이다. 그동안 아내는 가난한 집안의 6남매 장남에게 시집을 와서 고생을 참 많이 했다. 한 남자의 아내로서, 집안의 맏며느리로서, 그리고 두 아들의 엄마로서, 또 사회적으로는 워킹맘으로서 보통의 여자들이 감당하기 쉽지 않은 1인 4역의 책무를 묵묵히 해냈다. 아내는 그동안 집안의 크고 작은 일, 그리고 많은 어려운 일들을 지혜롭게 풀어가며 평안한 가정으로 이끈 주인공이다. 그런데 이제까지 고생했다는 말, 고맙다는 말 한마디 제대로 하지 못했다. 자서전 지면을 통해서 정말로 고맙고, 감사하다는 말을 꼭 전해야겠다.

여러모로 바쁜 가운데서도 자서전 쓰기를 마칠 때까지 마음으로 격려해 주고, 정성껏 추천의 글을 써 준 임준빈 시인에게도 고마운 마음을 전한다. 아울러 이 책의 편집과 발행에 큰 도움을 주신 도서 출판「예술의숲」박찬순 사장님께 깊은 감사의 말씀을 드린다.

끝으로, 나의 자서전을 이순(耳順)을 지나 인생 2막의 시간을 맞이한 지금까지도 줄곧 삶의 지혜를 전해주는 나의 영원한 정신적 스승, 존경하는 조부님의 영전에 바친다. 더불어 평생토록 일만 하며 고생하시다 잠드신 아버지와 6남매를 키워내느라 평생을 헌신적으로 살아오신 어머니 앞에 이 책을 바친다.

2024년 입동(立冬) 자택에서, 고 원 식

최고의 선물

초판 인쇄 2017년 07월 31일
1쇄 발행 2017년 08월 05일
2쇄 발행 2019년 11월 20일
3쇄 발행 2022년 12월 20일
4쇄 발행 2024년 12월 15일
지은이 고원식
만든이 박찬순
만든곳 예술의숲
등록 2002. 4. 25.(제25100-2007-37호)
주 소 · 충북 청주시 상당구 교서로 2
전 화 · 070-8838-2475
휴 대 폰 · 010-5467-4774
이 메 일 · cjpoem@hanmail.net
ISBN : 978-89-6807-081-5 03810